Werner Westphal

„Wem Gott will rechte Gunst erweisen,

den läßt er mal nach Glowe reisen."

Botschaften der Fremdenbücher von Kap Arkona und

dem „Gasthaus zur Schaabe" in Glowe auf Rügen

Greifswald 2015

Für meinen Vater, Helmut Westphal.

Inhaltverzeichnis

Die Nutzung von Inhalten des Fremdenbuchs des „Gasthauses zur Schaabe" für diese Publikation
geschieht mit freundlicher Genehmigung der Eigentümer:
Frau Viola Dhonau und Herrn Frank Wüstenberg. Die authentische Wiedergabe von zeittypischen
Grußformeln und Redewendungen ist durch § 86 StGB Absatz 3 gedeckt.
Autor: Werner Westphal
Lektorat und Redaktion: Petra Westphal
Umschlagfoto: Guido Bodenstein
Historische Postkarten von Glowe: Privatbesitz Viola Dhonau und Frank Wüstenberg.
Foto „Alte Schule": Privatbesitz Werner Westphal.
Titelzitat: Eintragung eines Gastes vom 2.07.1914.

Herstellung und Verlag:
BoD - Books on Demand, Norderstedt

ISBN 978-3-7386-7552-8

Prolog

„Meerumschlungen und kreidegrün" – diese Zeilen stehen am Beginn der Eintragung, die Gerhart Hauptmann am 30. Juli 1885 im Fremdenbuch des Logierhauses des Gastwirtes Schilling am Kap Arkona hinterließ. Der spätere Nobelpreisträger (1912) war wie viele vor und nach ihm sichtlich beeindruckt von der Rügenschen Landschaft. Ein Pfarrer trug sich am 2. Juli 1914 mit folgenden Zeilen in das Fremdenbuch des Gasthauses zur Schaabe in Glowe ein: „Wem Gott will rechte Gunst erweisen, den läßt er mal nach Glowe reisen ..." Im Augenblick des Abschieds kam ihm offensichtlich das Naturgedicht von Joseph von Eichendorff (1788-1857) „Der Frohe Wandersmann" und die Melodie zu dem Lied in den Sinn, das von Friedrich Theodor Fröhlich komponiert worden war. In der zitierten Originalstrophe heißt es:

„Wem Gott will rechte Gunst erweisen,

Den schickt er in die weite Welt.

Dem will er seine Wunder weisen

In Berg und Wald und Strom und Feld."

Nicht wenige Besucher der Insel Rügen im 19. Jahrhundert sahen beim Anblick des Kap Arkonas und der scheinbaren Unendlichkeit des Meeres ihre Vorstellungen von den magischen Kräften der Natur bestätigt. Die Gäste haben dies in ihren Einträgen in den Gästebüchern des Logierhauses am Kap Arkona und des *Gasthauses zur Schaabe* auf vielfältige Art und Weise zum Ausdruck gebracht. Auch darüber soll in diesem Büchlein berichtet werden.

Der Eintrag des Pfarrers vom 2. Juli 1914 schien dem Autor gut als Titel geeignet zu sein; bringt er doch treffend die Abschiedsgefühle eines Besuchers der Insel zum Ausdruck. Das Kap Arkona auf der einen und das Fischerdorf Glowe auf der anderen Seite der Meeresbucht sind eingerahmt vom Wasser der Ostsee und „kreidegrünen" Ufern. Das *Gasthaus zur Schaabe* wird so zu einem idealen Ausgangspunkt für einen Besuch des sagenumwobenen Kaps, das man von seinem Urlaubsdomizil aus stets in Blickweite vor sich hatte.

Für kreative Persönlichkeiten wurden insbesondere Regionen interessant, die sowohl historische Sehenswürdigkeiten als auch reizvolle Landschaften zu bieten hatten. Mitte des 19. Jahrhunderts und zu Beginn des 20. Jahrhunderts wird ein solcher Ort die Insel Rügen. Die Insel, die nach 1815 zu Preußen gehörte, erlebte in den folgenden Jahrzehnten, insbesondere nach der Gründung des 2. Kaiserreiches 1871, eine rasante Entwicklung des Tourismus. Weiße Strände, ausgedehnte Wälder und auch das heilsame Seeklima lockten in den folgenden Jahrzehnten zunehmend Besucher aus allen Teilen Deutschlands an. Für historisch interessierte Gäste boten vor allem die Halbinseln Jasmund und Wittow attraktive Ausflugsziele: den Königsstuhl und den Herthasee bei Stubbenkammer sowie das Kap Arkona; Orte mit magischer Ausstrahlung und in Mythen und Sagen verwoben. Daran hat sich bis heute nichts geändert.

So konnte die Insel sowohl dem Entdeckungshungrigen als auch dem Erholungssuchenden Anreize für eine Reise in den Norden bieten.

Neue Kommunikationsmittel wie die Telegraphie und die stürmische Entwicklung der Eisenbahn ermöglichten im industriellen Zeitalter eine zeitlich detaillierte Planung.

War Reisen bis ins ausgehende 18. Jahrhundert vor allem ein Privileg der Adligen, so änderte sich dies im nachfolgenden Jahrhundert umfassend. Zunehmend entdeckten bürgerliche Intellektuelle die Lust am Reisen und sahen darin eine Möglichkeit, Inspirationen für die Verwirklichung eigener Zielvorstellungen zu erlangen. Ebenso erforderte die Ausweitung der Märkte die Planung und Durchführung von geschäftlichen Reisen.

Wurde das Fremde oder der Fremde über Jahrhunderte als bedrohlich empfunden, so änderte sich dies mit dem Aufkommen des modernen Tourismus. Der Fremde wird zumindest in den sich entwickelnden Tourismusregionen gern gesehen und zunehmend zu einem Wirtschaftsfaktor von strategischer Bedeutung.

Unter dem Einfluss des Fremdenverkehrs wandelten sich alte Fischerdörfer auf Rügen zu Ostseebädern. Speziell für den auswärtigen Gast wurden Dienstleistungen angeboten, die mit den ursprünglichen Erwerbstätigkeiten wenig gemeinsam hatten. Ehemalige Fischer betrieben nun Pensionen oder warben für Ausflüge mit dem Boot.

Das Buch versucht, eingebettet in historische Zusammenhänge und regionale Entwicklungsprozesse, die Reisemotive prominenter Besucher der Insel im 19. und zu Beginn des 20. Jahrhunderts aufzuhellen: unter ihnen der Dichter Gerhart Hauptmann, der Theologe Friedrich Daniel Schleiermacher, der Komponist und persönliche Freund Goethes, Carl Friedrich Zelter, der Musiker Richard Wagner sowie der Greifswalder Altertumsforscher Friedrich von Hagenow. Als Quellen dienten vor allem die 1907 von Paul Meinhold[1] publizierten Einträge aus den Fremdenbüchern vom Kap Arkona und das Fremdenbuch des *Gasthauses zur Schaabe* in Glowe, dessen Einträge in einer Auswahl vom Autor erstmals 2013 publiziert worden sind.[2]

Mit der enormen Entwicklung des Fremdenverkehrs an der deutschen Ostseeküste entwickelte sich das Fremdenbuch zu einem Instrument des Marketings und der Kundenbindung. Auszüge aus den berühmten Fremdenbüchern vom Kap Arkona vermitteln dem heutigen Leser einen anschaulichen Eindruck von der Gefühls- und Gedankenwelt der damaligen Schreiber. Die Anziehungskraft, die insbesondere das Kap Arkona auf die Besucher im 19. Jahrhundert ausübte, hing offensichtlich mit dem schon erwähnten *genius loci (Geist des Ortes)* zusammen. Für nicht wenige Besucher des Kaps war die Nordspitze Rügens mit pat-

---

[1] Meinhold, Paul: Aus Arkonas Fremdenbüchern, Stettin 1907.
[2] Westphal, Werner: „Wem Gott will rechte Gunst erweisen, den läßt er mal nach Glowe reisen. Abschiedstexte aus dem Fremdenbuch des Gasthauses zur Schaabe in Glowe auf Rügen, BoD-Books on demand, Norderstedt, 2013.

riotischen Gefühlen verbunden, galt es doch im politischen Diskurs der damaligen Zeit als Sinnbild von Wehrhaftigkeit und Siegeswillen. In den Eintragungen vieler prominenter Besucher von 'Neuvorpommern', wie man diese Region nach 1815 nannte, kommt dies zum Ausdruck.

Texte sind auf vielfache Weise auch Ausdruck von Persönlichkeitsmerkmalen und Zeitumständen. Die vorgestellten Eintragungen erzählen viel über die Schreiber, ihre Wünsche, Hoffnungen und Sorgen. Sie liefern aber auch lebendige Darstellungen des Erlebten.

Wer schrieb die Bibel? Diese Frage stellte sich nicht erst der amerikanische Universitätsprofessor Friedman in seinem gleichnamigen Buch. Indem er jede Stelle der Bibel kritisch hinterfragte und u.a. Erkenntnisse der Geschichtswissenschaft und der Archäologie hinzuzog, gelangte er zu neuen Einsichten hinsichtlich der Autorenschaft von Bibeltexten und ihrer Entstehungsgeschichte. Vor ihm nutzte schon der Berliner Theologe Friedrich Daniel Schleiermacher die sog. „textkritische Methode". Auch er bezog externe Wissenskomponenten in die Textanalyse mit ein und entwickelte auf dieser Grundlage ein neues Verstehenskonzept („Hermeneutik und Kritik", 1838). Wie aus den Briefen an seine Freundin Henriette Herz zu ersehen ist, waren die gemeinsamen Aufenthalte auf Rügen, insbesondere auf Jasmund (Bobbin und Sagard), eine wichtige Quelle der Inspiration (siehe dazu Kapitel 1). Friedmann, der die „textkritische Methode" bezogen auf die Texte des „Alten Testaments" anwendete, zieht u.a. folgendes Fazit: *„Ich glaube, Genaueres über die Verfasser der Bibel aussagen zu können. Wann sie lebten, wo sie wohnten, zu welcher gesellschaftlichen Gruppe sie gehörten, welche Beziehungen sie zu den wesentlichen Persönlichkeiten und zu den Ereignissen ihrer Zeit hatten, wer ihre Freunde, wer ihre Feinde waren, und welche politischen und religiösen Zwecke sie mit ihrem Werk verfolgten."*[3]

---

[3] Friedmann; Richard Elliot: Wer schrieb die Bibel, Gustav Lübbe Verlag 1992, S. 37.

Der Leser soll durch dieses Beispiel ermuntert werden, die schriftlichen Zeugnisse, die uns Besucher des Kap Arkonas und Glowes hinterlassen haben, kritisch zu lesen. Und vielleicht entdeckt der eine oder andere eine neue Botschaft und kommt auf diesem Weg zu einer ganz persönlichen Deutung und Lesart. So wird die Lektüre dieser Texte zu einer Entdeckungsreise. Um dem Leser das Verständnis zu erleichtern, werden notwendige wissenschaftliche Begriffe und historische Hintergründe in Anmerkungen erläutert.

Während im Fremdenbuch des Logierhauses vom Kap Arkona vor allem die Topographie und Geschichte des Ortes mit den persönlichen Eindrücken des Schreibers verbunden wurden, dominieren in den Eintragungen des Fremdenbuches des *Gasthauses zur Schaabe* Abschiedsgefühle. Die Besucher von Glowe kamen vor allem wegen der reizvollen Landschaft, dem Klima oder den Bademöglichkeiten nach Glowe. Der Abschied von dem beschaulichen kleinen Fischerdorf und Ostseebad an der Tromper Wiek fiel den Gästen schwer. Die Auswahl von Einträgen aus den Jahren 1911-1942 bestätigt dies auf lebendige Weise.

Die Einträge aus dem Fremdenbuch des *Gasthauses zur Schaabe* wurden in der handschriftlichen Fassung abgedruckt. In einigen Fällen musste jedoch aus technischen Gründen auf die Wiedergabe des handschriftlichen Originals verzichtet werden. Nicht alle Eintragungen konnten vollständig entziffert werden, deshalb erfolgte die Wiedergabe unleserlicher Textstellen mit Auslassungszeichen bzw. Fragezeichen (in Klammern gesetzt). Für die Richtigkeit der vorgenommenen Übertragungen kann somit keine Gewähr übernommen werden.

Die ursprüngliche Formatierung und Orthographie der Originale wurde weitestgehend beibehalten. Lediglich aus Gründen der Authentizität wurden zeittypische Grußformeln wiedergegeben. Dieses Buch ist eine erweiterte Ausgabe der Publikation „*Wem Gott will rechte Gunst erweisen, den läßt er mal nach Glowe reisen.*" *Abschiedstexte aus dem Fremdenbuch des Gasthauses zur Schaabe in Glowe auf Rügen* aus dem Jahre 2013. In diese neue Ausgabe fanden zahlreiche Anregungen von Lesern und Freunden Eingang. Allen, die mir bei der Erarbeitung dieser Ausgabe geholfen haben, sei hiermit herzlich gedankt.

Für die kritische Endredaktion des Manuskripts danke ich ganz besonders meiner Frau Petra. Frau Dr. Gisela Ros danke ich für den fachlichen Rat.

Bleibt noch, dem Leser eine angenehme Lektüre zu wünschen.

Werner Westphal   Greifswald im Januar 2015

1 Sehnsucht nach Rügen

Über die nördlichste Insel Deutschlands gab es schon zum Ende des 19. Jahrhunderts und zu Beginn des 20. Jahrhunderts eine recht umfangreiche Reiseliteratur (Rellstab, Kosegarten, Grümbke, Arnim usw.). Sie entstand unmittelbar aus dem Bedürfnis, dieses 'geheimnisumwitterte' Eiland einem interessierten Publikum nahe zu bringen sowie eine neu entstehende Branche, den Tourismus, zu fördern.

1832 gab der Verleger Karl Baedecker seinen ersten Reiseführer heraus. Er selbst besuchte das Kap Arkona, die Nordspitze Rügens, am 9. August 1864.

Rügen wird vor allem von prominenten deutschen Romantikern entdeckt. Der Greifswalder Maler Caspar David Friedrich (1774-1840) machte die Insel mit seinen Zeichnungen der Wissower Klinken weithin bekannt. Auch der Königsstuhl mit seiner weiten Sicht auf das Meer und die weiße Küste von Rügen brachten viele Besucher zum Schwärmen. Das Spiel der Farben, die reine Luft, die Wälder der Stubnitz, machten die Halbinsel Jasmund zu einem Geheimtipp für Reisende. Der Königsstuhl, die Stubbenkammer, der sagenumwobene Herthasee und das schon erwähnte Kap Arkona waren für nicht wenige Reiselustige der damaligen Zeit mit einem Schleier des Mystischen umgeben. Das inspirierte zu Gedankenspielen und Assoziationen.

So wird das Eiland ein Ziel der geistigen Elite Deutschlands, unter ihnen Wilhelm von Humboldt, Friedrich Schleiermacher[4] oder Henriette Herz.[5] Schleiermacher verbrachte mit seiner Freundin Henriette Herz im Sommer 1804

---

[4] Friedrich Daniel Schleiermacher, Theologe (1768-1834), bedeutender Vertreter der deutschen Romantik. Schleiermacher gilt als Begründer einer wissenschaftlich fundierten Lehre der Auslegung und Deutung von Texten (Hermeneutik). Die von ihm entwickelte textkritische Methode wendet er u.a. auf die Übersetzung von Platons Werken an.

[5] Henriette Herz empfing in ihrem Berliner Salon prominente Zeitgenossen. Darunter u. a. die Brüder Humboldt. Mit Schleiermacher verband sie eine innige lebenslange Freundschaft. Beide fühlten sich mit Rügen eng verbunden.

„unvergessliche Tage" auf Jasmund.[6] Beide unternahmen ausgedehnte Erkundungsfahrten. Die enge Verbundenheit des Berliner Gelehrten mit Rügen, das zu damaliger Zeit (1648-1815) zu Schweden gehörte, resultierte u.a. aus der Freundschaft mit der Familie von Willich. Sagard und Jasmund verdanken Pfarrer Ehrenfried v. Willich den Bau einer Badeanstalt, in der das Wasser der Brunnenaue zu Heilzwecken benutzt wurde. Schleiermacher war dort einer der prominentesten Badegäste. Am 18. Mai 1809 heiratete Schleiermacher die inzwischen verwitwete Frau des verstorbenen Bruders des Pastors in Sagard. Die Aufenthalte auf der Ostseeinsel (genannt werden immer wieder die Orte Bobbin, Götemitz und Sagard, Saßnitz bzw. Klein-Jasmund) waren für ihn eine Quelle der Inspiration und boten ideale Möglichkeiten zum geistigen Austausch mit Freunden.

Saßnitz feierte im August 1924 „*jenen Tag, an dem hundert Jahre zuvor die ersten Fremden als Badegäste nach Saßnitz kamen*", so der Chronist Max Koch.[7] Als einer der Entdecker von Saßnitz als Badeort wird Schleiermacher gepriesen, der im Sommer 1824 seine Frau und seine Kinder zur Erholung dorthin geschickt hatte. Der Ortschronist stellt dazu fest: „*Die Mitglieder der Schleiermachschen Familie waren wie es scheint, die ersten richtigen Badegäste von Saßnitz.*"[8] Die Beispielwirkung von Schleiermacher, der persönliche Beziehungen zu zahlreichen Repräsentanten der damaligen geistigen Elite Preußens und anderer deutscher Länder unterhielt, war insbesondere für die Halbinseln Jasmund und Wittow werbewirksam.

Die mit ihrem Berliner Salon weithin bekannte Henriette Herz und enge Freundin des Theologen berichtet in einem Brief an ihre Freunde auf Rügen, dass sie durch ihre Schwärmerei über Klein-Jasmund und Sagard sogar den Phi-

---

[6] Vgl. dazu Rainer Schmitz: Bis nächstes Jahr auf Rügen, Briefe von Friedrich Schleiermacher und Henriette Herz an Ehrenfried Willich 1801-1807, Berlin 1984.

[7] Max Koch: Zur Geschichte von Saßnitz, Saßnitz im Selbstverlag 1934, Druck Saßnitzer Zeitung, S. 38.

[8] Max Koch, ebenda, S. 42.

losophen Gottfried Fichte überredet habe, demnächst der Insel einen Besuch abzustatten. Sie selbst sehnte sich stets nach Rügen. *„Denn wenn ich an Rügen gedenke, so ist mir's, als dächte ich an meine wahre Heimat - ich glaube, daß ich mich auf den Boden legen und ihn küssen würde, wenn ich die liebe Insel wieder einst betrete"*, schreibt sie am 20. Februar 1805 an ihre Freunde in Sagard.[9] Auch mit dem großen Sohn der Insel, Ernst Moritz Arndt, stand Schleiermacher ab 1815 in einer familiären Beziehung. In diesem Jahr heiratete eine Halbschwester von Schleiermacher, Nanny Schleiermacher, den inzwischen international bekannten deutschen Patrioten und Gelehrten.[10] Ein weit über Rügen hinaus bekannter Bewohner der Halbinsel Wittow war in diesen Jahren der Pfarrer von Altenkirchen, Gotthard Ludwig Theobul Kosegarten (1758-1818),[11] der u.a. mit Goethe einen Briefwechsel unterhielt.

Mit den Gästen, die auf die Insel kamen, entwickelte sich zwangsläufig das Beherbergungsgewerbe. Pensionen und Hotels wurden in den folgenden Jahrzehnten in rascher Folge an vielen Orten der Insel errichtet. 1868 bis 1871 wurde die Chaussee von Bergen nach Saßnitz gebaut. 1878 richtete die Stettiner Reederei J. F. Braeunlich in der Saison eine tägliche Dampferlinie Stettin-Swinemünde-Saßnitz ein. Nach Polchow, wenige Kilometer von Glowe entfernt, konnte man nun von Stralsund aus mit dem Dampfer reisen. Zu Pfingsten 1883 weilten schon 5.000 Besucher auf der Ostseeinsel, ein Jahr darauf waren es bereits 8.000.

Mit der Errichtung der Eisenbahnlinie zwischen Bergen und Saßnitz 1891 (ein Bahnhof war im Ortsteil Crampas errichtet worden) wurde die Reise nach Jasmund wesentlich attraktiver und komfortabler. 1897 wurde der Post-

---

[9] Vgl. dazu Schmitz, ebenda, S. 132, S. 142.

[10] Aus heutiger Perspektive wird vor allem das publizistische Wirken Ernst Moritz Arndts, der aus Groß-Schoritz auf Rügen stammt, kritisch gesehen, insbesondere seine zum Teil nationalistischen Auffassungen.

[11] Vgl. dazu Briefe eines Schiffbrüchigen, Neu herausgegeben und kommentiert von Katharina Coblenz, Edition Temmen, 4. Auflage 2001, S. 95, vgl. auch Anmerkung 1. Gotthard Ludwig Theobul Kosegarten war 1792 als Pfarrer nach Altenkirchen gekommen, er erlangte als Theologe und Dichter internationale Bekanntheit.

dampferverkehr zum schwedischen Trelleborg aufgenommen, was auch ausländische Touristen auf die Insel brachte.

Um 1910 hatte die aus zwei Dörfern zusammengewachsene Gemeinde (Crampas und Saßnitz)[12] immerhin schon 2.481 Einwohner.[13] Diese Entwicklung strahlte auf das Umland aus. Und auch das bis dahin recht unbekannte Fischerdorf Glowe dürfte davon profitiert haben. In einer Abhandlung von Karl Tiburtius aus Bisdamitz heißt es, bezogen auf die Reisemöglichkeiten der damaligen Zeit: *„Wer das Land Rügen bereist, um sich der Reize unserer schönsten deutschen Insel zu erfreuen, der wird, falls seine Zeit nicht allzu knapp bemessen ist, gut tun, die Rügener Eisenbahn, nachdem sie ihn auf die Halbinsel Jasmund gebracht, in Sagard zu verlassen und links ab ungefähr eine Stunde weit nach dem Dörfchen Bobbin zu marschieren."*[14]

Eine Franziska Tiburtius (1843-1927) aus Bisdamitz, unweit von Glowe gelegen, wird wenige Jahrzehnte später als erste deutsche Ärztin in die Medizingeschichte eingehen. Da ein Studium für Frauen in Deutschland damals nicht möglich war, riet ihr Bruder Karl Tiburtius (1834-1910), in der Schweiz (Zürich) Medizin zu studieren. Auch Karl wandte sich der Medizin zu und war zeitweilig als Militärarzt tätig. Nicht vielen Rüganern gelang es in der damaligen Zeit, international bekannt zu werden. Persönlichkeiten wie Theobul Kosegarten aus Altenkirchen, Ernst-Moritz Arndt sowie Franziska und Karl Tiburtius[15] waren 'Werbeträger' für die Insel. Und sie waren willkommene Multiplikatoren für den sich entwickelnden Fremdenverkehr im 19. Jahrhundert. Erwähnt werden muss in diesem Zusammenhang ein weiterer Rüganer, der sich wie Arndt für die Einheit

---

[12] 1906 wurden beide Dörfer vereinigt. Der Ort nannte sich fortan Saßnitz.

[13] Die Angaben zur Entwicklung von Saßnitz und der Verkehrswege auf Rügen stammen aus: Egon Weber: Die Entwicklung des Ostseebades Saßnitz bis zum ersten Weltkrieg. In: Greifswald-Stralsunder Jahrbuch, Bd. 4, Teil I, 1964, S. 117-180.

[14] Tiburtius berichtet über eine Grabschrift von Bobbin, sie war dem Glower Friedrich Helm gewidmet, der am 12. März 1849 in Glowe gestorben war. Die Grabschrift erregte wegen ihrer Ausführlichkeit sein Interesse. Karl Tiburtius: Die Grabschrift zu Bobbin, Hrsg. Walter Baetke, Verlag Walter Kroh, Bergen a. Rügen, 1925.

[15] Tiburtius, Franziska: Erinnerungen einer Achtzigjährigen, Berlin 1929, 3. Auflage.

Deutschlands und eine demokratische Entwicklung des Landes eingesetzt hatte: Arnold Ruge aus Bergen (1802-1880). Ruge wurde als Mitglied der Frankfurter Nationalversammlung, als Übersetzer und Publizist weit über Deutschland hinaus bekannt. 1844 veröffentlichte er mit Marx die „Deutsch-Französischen Jahrbücher." Er starb am 31.12.1880 in England, wo er in den letzten Lebensjahren seinen Wohnsitz hatte (Brighton).[16] Franziska Tiburtius bemerkt in ihren Lebenserinnerungen „... *noch ein anderer Mann stammt aus jenem weltverlorenem Zipfel Deutschlands – Arnold Ruge ist unter dem Strohdach von Bisdamitz geboren.*"[17]

In einschlägigen Quellen wird allerdings Bergen auf Rügen als Geburtsort des Publizisten und Politikers Ruge angegeben. Vielleicht trügt hier auch die Erinnerung der betagten Ärztin oder es gab tatsächlich einen Arnold Ruge aus Bergen und einen aus Bisdamitz. Den Ort ihrer Kindheit und frühen Jugend beschreibt Franziska Tiburtius nicht frei von schwärmerischer Romantik: „*Gerade gegenüber von Arkona, da wo die bewaldete Steilküste Jasmunds abzuflachen beginnt, liegt ein paar hundert Schritt vom Uferrand das kleine Landgut Bisdamitz, „Bißmiß" in Platt genannt. Ein einfacher Gutshof, mit langen alten Scheunen, Fachwerkbau, strohgedeckt wie damals alle ländlichen Gebäude auf Rügen, aber gut gehalten.*
Das Wohnhaus, Fachwerk mit rotem Ziegelbau, mit der Stirnseite dem Hof zugewandt, ebenfalls sehr alt ... Seitlich vom Wohnhaus der eingezäunte Dunghaufen, dahinter ein sehr langes Gebäude mit den Viehställen. An der andern Seite des Hofes ein sehr schnell fließender Bach mit Kieselgrund, er kam von der Höhe der Stubbenkammer, durchfloß auch den Garten, wo er ein Mühlrad trieb und führte – eine Seltenheit auf Rügen – die prachtvollsten Forellen."[18]

In ihrer Rückschau auf ihre Kindheit auf Rügen registriert Tiburtius auch die 'Zeichen modernen Badelebens' auf Jasmund am Beispiel des Nachbardorfes von Bisdamitz, Lohme. Die Badegäste und Touristen (auch diese Bezeichnung

---

[16] Biographisches Lexikon zur deutschen Geschichte, VEB Deutscher Verlag der Wissenschaften, Berlin 1970, S. 588.
[17] Tiburtius, ebenda, S. 30.
[18] Tiburtius, ebenda, S. 20.

kommt in dieser Zeit auf) stammten in der Regel aus wirtschaftlich gesicherten Verhältnissen. Wer reisen konnte, musste über ausreichend finanzielle Reserven verfügen. Der Tourist entwickelte zwangsläufig bestimmte, auch geschäftlich verwertbare Bedürfnisse. Man wollte sich vor Antritt der Reise informieren, um z.B. die Reiseroute exakt zu planen und das Risiko von Fehlkalkulationen zu vermeiden. Die 'modernen' elektrischen Kommunikationsmittel des neuen Jahrhunderts wie Telegraphenstationen (eine solche gab es um 1900 in Bobbin) ermöglichten Vorbestellungen von Zeitungen oder die Reservierung von bestimmten Dienstleistungen wie Zimmer, Fähren, Kutschfahrten usw. Die Fähren spielten in der damaligen Zeit auf Rügen noch eine große Rolle, waren die einzelnen Halbinseln doch bis zum Eisenbahnanschluss lediglich per Boot zu erreichen.

In historischen Darstellungen über Rügen werden Bobbin und Sagard regelmäßig erwähnt. Dies hängt mit der Tatsache zusammen, dass diese Orte Kirchenstandorte waren, und dies schon seit dem 13. Jahrhundert. Glowe gehörte wie Bisdamitz zum Kirchspiel Bobbin, Saßnitz zu Sagard.[19] Alfred Haas zufolge erwähnte Papst Innozenz IV. in seinem Bestätigungsschreiben für das Nonnenkloster Bergen von 1250 auch die Kirchen von „*Zagarde et Babyn et de Yasmund ecclesias.*" Die dritte Kirche, so vermutet der Regionalforscher, habe sich damals nahe Sagard als Kapelle befunden. Eine kleine Ortschaft dieses Namens hat es über lange Jahre später noch nahe Sagard tatsächlich gegeben.[20]

Sagard und Bobbin finden bei Fremden vor allem wegen ihrer gotischen Kirchenbauten Interesse. Gotteshäuser waren bis in das 19. Jahrhundert beliebte Anlaufpunkte für Gäste aus der Fremde. Zugleich boten sie Schutz und nicht selten auch Hilfe bei der Suche nach einem Quartier. Der Fremde konnte beim Pfarrer der Gemeinde in der Regel auf Beistand und Unterstützung hoffen. Kir-

---

[19] Der Grundstein für eine gemeinsame Kirche von Crampas und Saßnitz wurde am23. Juli 1880 gelegt.
[20] Vgl. Alfred Haas, Beiträge zur Kenntnis der rügischen Burgwälle. In: Baltische Studien, Band 14, 1910, S. 39-40.

chen und Kirchengemeinden waren im Mittelalter und weit bis in die Neuzeit hinein die geistig-kulturellen Zentren der Regionen. Hier traf man sich zum Gottesdienst, von hier gingen die entscheidenden Impulse für die wirtschaftliche Entwicklung aus, auf den Friedhöfen in unmittelbarer Nähe zu den Gotteshäusern angelegt, waren die Verstorbenen des Kirchspiels begraben. Darüber hinaus waren Kirchen Zentren der Kommunikation. Insbesondere der Besuch der Gottesdienste bot auch die Möglichkeiten des Informationsaustausches mit Nachbarn und Bewohnern des Kirchspiels.

Franziska Tiburtius hat uns aus dem Fundus ihres Großvaters Themen von dessen Predigten überliefert. Pastor Goebel aus Gingst predigte von der Kanzel u.a. zu folgenden Fragen: 'Über den Wert der Zufriedenheit', 'Über die Tugend', 'Über Freundschaft' usw.[21] Derartige Themen mit Alltagsbezug waren durchaus geeignet, den Meinungsaustausch unter den Gemeindemitgliedern zu fördern.

Und bekanntlich knüpfte auch der berühmte G. L. Theobul Kosegarten an die Alltagserfahrungen der Fischer von Wittow an, wenn er seine Predigten an das Ufer von Vitt verlegte. Er selbst gibt in seinen Aufzeichnungen ein Beispiel für eine derartige Predigt, in der Prediger Finster seinem Auditorium empfahl, es den Vögeln gleich zu tun: „*Sehet an, liebe Brüder, die Vögel unter dem Himmel, und lernt von diesen immerfröhlichen Kreaturen Freude, Fröhlichkeit und Frohsinn!*"[22]

Beerdigungen im Kirchspiel boten den Gemeindemitgliedern viele Möglichkeiten ins Gespräch zu kommen. Max Koch schreibt in seiner Chronik zu Saßnitz: „*Bei Beerdigungen war es Ehrensache, daß jeder Mann der Leiche bis Sagard das Geleit gab.*"[23] Der Trauerzug von Saßnitz bis Sagard dürfte seine Zeit gebraucht haben, immerhin mussten rund 10 Kilometer zurückgelegt werden.

---

[21] Tiburtius, ebenda, S. 8.
[22] G.L. Th. Kosegarten, Briefe eines Schiffbrüchigen, Edition Temmen, 4. Aufl. 2001, S. 100.
[23] Max Koch ebenda, S. 94.

Das geistig-kulturelle Zentrum für die Bewohner von Glowe wie für die anderen Orte des Kirchspiels war über Jahrhunderte Bobbin.

Die „Sundine", eine Stralsunder Wochenzeitung vom 17. Februar 1834, macht ihre Leser darauf aufmerksam, dass nun der Briefwechsel zwischen Goethe und seinem Freund Zelter erschienen sei.[24] In der gleichen Nummer werden Auszüge aus diesem Briefwechsel abgedruckt, die den Besuch Zelters auf der Halbinsel Jasmund betreffen.[25] Zelter (1758-1832) gehörte zum engeren Freundeskreis des Dichterfürsten aus Weimar. Beide duzten sich und auch Goethe fühlte sich mit dem Komponisten und Musikprofessor aus Berlin eng verbunden. Zelter war als engagierter Förderer der musikalischen Bildung über die Grenzen Preußens hinaus bekannt geworden. Goethe schätzte seine Sachkunde und Kreativität. Beide unterhielten seit 1802 einen intensiven Briefwechsel.[26] Zelter hatte im Sommer 1820 eine Reise durch Neuvorpommern[27] unternommen und berichtete seinem Freund in Weimar detailliert über seine Erlebnisse. Bevor er das Eiland per Boot von Stralsund erreichte, hatte er schon die altehrwürdige Universitäts- und Hansestadt Greifswald besucht. Zelter schreibt an den Geheimrat in Weimar am 30. August 1820: „*Vorgestern habe ich in Gedanken an Dich die aufgehende Sonne von der Stubbenkammer aus begrüßt. Diese Landesspitze gegen Morgen ist, so wie Arkona, ein Kreidefelsen, der vom Meer gegen vierhundert Fuß hoch dicht am Strande liegt*" (Zelter, ebenda, S. 139).

Das Kap und die Natur auf Rügen regten den Komponisten zu philosophischen Gedanken über das Verhältnis von Mensch und Natur an. Zelter schildert Goethe seine Eindrücke vom Besuch der Nordspitze Rügens mit folgenden Worten: „*Arkona sieht sich von hier aus sehr schön an, und segelnde Schiffe geben von*

---

[24] Briefwechsel zwischen Goethe und Zelter in den Jahren 1796 bis 1832, hrsg. von Dr. Friedrich Riemer, Dritter Theil die Jahre 1819-1824, Berlin 1834; S. 139-143.

[25] Sundine, Unterhaltungsblatt für Neu-Vorpommern und Rügen, Achter Jahrgang, Nr. 14, Stralsund, den 17. Februar 1834.

[26] Das musikalische Erbe von Carl Friedrich Zelter umfasst zahlreiche Sinfonien, Kantaten und Chormusiken.

[27] 1815 wurde das ehemals schwedisch-Vorpommern von Preußen übernommen, es erhielt nun die Bezeichnung Neuvorpommern.

Zeit zur Zeit Erinnerung an das Verhältniß menschlicher Kunst und Kraft zu dem unendlichen Meere, und endlich läßt ein so vollkommen heiterer Abendhimmel mit Sternen besäet, wie gestern, wieder vergessen, was unten ist. Wie sich ohne Anstrengung der Geist, beym Anblicke solcher Gegenstände ausstreckt, ist nicht zu sagen ..." (Zelter, ebenda, S. 140). Dann berichtet er über ein Treffen mit dem Pfarrer von Bobbin. Pastor Franke (1759-1833) zeigte seinem Gast aus Berlin wie auch anderen Besuchern schon vorher seine „Rügischen Alterthümer", darunter geologisch interessante Funde, aber wie Zelter berichtet, auch Fossilien und Faustkeile aus Feuerstein. Kosegarten hatte Goethe schon über die Sammlungen von Bodendenkmälern des Bobbiner Geistlichen berichtet. Auch der Greifswalder Mathematiker und Heimatforscher Friedrich von Hagenow (1797-1865)[28] besuchte Franke (1816), um dessen Sammlung von „Alterthümern" in Augenschein zu nehmen. Der Aufenthalt in Bobbin dürfte ihn darin bestärkt haben, selbst Ausgrabungen auf der Insel Rügen durchzuführen[29] sowie eine Landkarte der Insel Rügen anzufertigen. Seine Forschungsergebnisse hat er in der Folgezeit sorgfältig dokumentiert und der Öffentlichkeit zugänglich gemacht. Forschungsreisen führten den Greifswalder Gelehrten u.a. nach Skandinavien, Belgien und Frankreich.

Die o. g. Beispiele zeigen, dass soziale Netzwerke zwischen den Prominenten der damaligen Zeit für Rügen durchaus mit Multiplikationseffekten verbunden waren. Mit seinen Kontakten zu Goethe in Weimar brachte Schleiermacher - der Geheimrat aus Weimar hatte ihm während seines unfreiwilligen Aufenthalts[30] in Hinterpommern (Stolp, heute Słupsk-Polen) 1802-1804 brieflich Mut

---

[28] Friedrich von Hagenow wurde in Langenfelde bei Loitz geboren. Er gehörte zu den Mitbegründern der Gesellschaft für Pommersche Geschichte und Altertumskunde in Greifswald, 1830 wurde er Ehrendoktor der Philosophischen Fakultät der pommerschen Universität.

[29] Vgl. dazu Hans Dieter Berlekamp: Aus der Arbeit Friedrich von Hagenows, Greifswald-Stralsunder Jahrbuch, Bd. 1, 1961, S. 9-18.

[30] Schleiermacher war u.a. wegen seiner engen persönlich Bindung zur Henriette Herz, die einer jüdischen Familie entstammte, von seiner Kirchenleitung gedrängt worden, Berlin zu verlassen.

zugesprochen und ihm ein Angebot zur Zusammenarbeit unterbreitet[31] - Zelter und Kosegarten einen Hauch von jenem Geist nach Rügen, den die Literaturgeschichtsschreibung später als den 'Geist der Goethezeit' bezeichnen sollte.

2 Arkonablick und Badestrand – Vom Fischerdorf zum Ostseebad

Während Saßnitz, Binz, Göhren und Thiessow von Bade- und Sonnenhungrigen aus allen Teilen des damaligen Kaiserreiches zu Beginn des 19. Jahrhunderts schon entdeckt waren, blieb Glowe bei Touristen so gut wie unbekannt. Das kleine Fischerdorf Glowe,[32] das nach Aussagen von Chronisten immerhin schon 1314 urkundlich erwähnt wurde, spielte in den Reisebeschreibungen der Zeit indes kaum oder gar keine Rolle.

Weder die im 19. Jahrhundert bekannten Autoren wie Grümbke, Rellstab, Kosegarten noch andere Prominente nahmen besondere Notiz von der unscheinbaren Ansiedlung am Rande Jasmunds.[33] Lediglich der Name des Ortes, den man passierte, wenn man nach Wittow reiste, wird beiläufig erwähnt. Glowe bleibt in diesen Jahren am Rande des Geschehens. Die „Sundine", die von 1827-1848 erschien, erwähnt das kleine Fischerdorf an der Tromper Wiek in diesen zwanzig Jahren lediglich zweimal. Im Sommer 1839 findet sich in der „Sundine" ein Artikel über ein für die Zeitung offensichtlich mitteilungswürdiges Ereignis. Berichtet wird über eine kranke Frau in Glowe, die das Bett nicht verlassen konnte, weil die Gicht ihren Körper gelähmt hatte. Ein Pächter aus Ranzow hatte sich angeboten, der armen Frau für die Behandlung Geld zu spenden, so

---

[31] Goethe, J.W. (1894): An Friedrich Daniel Ernst Schleiermacher. Goethes Werke, IV. Abteilung, 16. Bd., S. 313-314, Weimar.

[32] Der Ortsname Glowe verweist auf einen slawischen Ursprung, er leitet sich von dem Slawischen golowa (russ.), głowa (poln.) ab, was *Haupt bzw. Kopf* bedeutet. Einige Forscher sehen auch eine Verbindung zur Bezeichnung Höft.

[33] Vgl. u.a. Grümbke, Johann, Jacob: Streifzüge durch das Rügenland, Brockhaus, Leipzig, 1988. Rellstab, Johann Carl, Friedrich: Ausflucht nach der Insel Rügen durch Mecklenburg und Pommern, Edition Temmen, Bremen, 2. Auflage 1996.

der kurze Bericht aus Glowe.[34] Für sein humanes Handeln erhielt der Pächter großes Lob. Rellstab berichtet in seiner Reisebeschreibung von 1797 recht umfangreich über Sagard und Altenkirchen, erwähnt aber kein Wort über Glowe. *„Zwey Meilen von Sagard, auf einem Wege der meist immer den Seestrand lang läuft, liegt Altenkirchen, der Wohnsitz des Dichters Kosegarten"*, so der Autor in einem Bericht über die Reise nach Wittow.[35] Rellstab und andere besuchten vornehmlich Orte mit historischen Sehenswürdigkeiten bzw. Orte, in denen Persönlichkeiten wirkten, die einen überregionalen Ruf genossen. Derartige Persönlichkeiten waren z.B. der schon erwähnte Pastor Willich in Sagard, Pfarrer Franke in Bobbin oder der Gottesmann und Dichter Kosegarten in Altenkirchen.

Damit konnte das Fischerdorf an der Tromper Wiek nicht aufwarten. Die Jasmunder lebten von Ackerbau, Viehzucht und der Fischerei. Kosegarten erwähnt in seinen „Briefe(n) eines Schiffbrüchigen" u.a. eine Ziegelei in Ruschwitz und eine Kalkbrennerei in Saßnitz. Der Tempelberg in Bobbin findet sein besonderes Interesse: *„Der ganze Berg besteht aus Meer- und Muschelsand, und enthält einen unerschöpflichen Vorrath an Petrevacten, Schnecken, Muscheln und Korallen ... Es sind so unverkenntliche Spuren ... neptunischen Ursprungs."*[36] Er beendet seinen Bericht zu Jasmund mit einem Kompliment an diesen Teil der Insel Rügen. Jasmund empfand er als „romantisch", Wittow „eintöniger".[37]

Glowe wird vor allem zu Beginn des 20. Jahrhunderts entdeckt. Mit dem aufkommenden Badetourismus erhielt auch das Fischerdorf an der Schaabe seine Chance. Glowe, am Eingang der Nehrung gelegen, die Wittow mit Jasmund verbindet, und, wie schon erwähnt, Schaabe bzw. Schabe (beide Schreibungen

---

[34] Sundine, Jg. 1839, Bd. 13, S. 408.

[35] Rellstab, Johann Carl, Friedrich: Ausflucht nach der Insel Rügen durch Mecklenburg und Pommern, Edition Temmen, Bremen 1993, S. 69.

[36] Kosegarten, Gotthard, Ludwig, Theobul: Briefe eines Schiffbrüchigen, neu herausgegeben und kommentiert von Katharina Coblenz, Edition Temmen, 4. Auflage, 2001, S. 92 u. 97.

[37] Noch in Quellen aus dem 19. Jahrhundert wird bezogen auf die Insel Rügen von den Halbinseln Jasmund bzw. Wittow und Mönchgut gesprochen.

kommen vor)[38] genannt wird, war für viele Besucher Nordrügens zunächst nur eine Durchgangsstation auf einer Erkundungsreise nach Stubbenkammer oder zum Kap Arkona. Naturliebhaber erkannten jedoch sehr bald zwei Vorzüge des unscheinbaren und unbekannten Dorfes an der Tromper Wiek: Den Arkona-blick und den an der Nehrung zu Wittow gelegenen weißen Badestrand.

Die nachfolgend wiedergegebenen Zeilen nebst Zeichnung trug am 11. August 1913 ein begeisterter Besucher namens Otto Heinrich in das Fremdenbuch des *Gasthauses zur Schaabe* ein.

Abbildung 1

---

[38] Thomas Kantzow (1505?-1542) berichtet in seiner „Chronik von Pommern" (Hrsg. L. B. Medem, Stettin; Anclam 1841), dass Rügen aus mehreren Inseln bestünde u.a. aus Jasmund und Wittow. Die Nehrung Schaabe ist offensichtlich ein Ergebnis der Naturgewalten. Das bestätigt Georg Jakob in seinem Buch „Das wendische Rügen in seinen Ortsnamen", Stettin, 1894. Er schreibt: 'Die Anschwemmungen durch westliche Strömungen sind verhältnismäßig unbedeutend gewesen, dennoch haben sie gereicht, die Schabe bei Glowe (Glowa Höft) mit Jasmund zu verbinden' (ebenda, S. 136).

Und die Schifflein am Strande schwanken hin und schwanken her,
Du mein einzig schönes Glowe, wir sehn uns nicht mehr.

Glowe, den 11. August 1913

Otto Heinrich

Der Gast, der der Nachwelt diese 'Liebeserklärung' an Glowe hinterließ, war ebenso fasziniert von dem kleinen Fischerdorf an der Arkonabucht wie viele nach ihm. Das von ihm gezeichnete Bild gibt ein Alleinstellungsmerkmal des Ortes an der Tromper Wiek wieder: den Arkonablick. Markante Merkmale dieses Ausblicks sind (gute Sicht vorausgesetzt):

- Die Konturen der Nehrung, die Jasmund mit Wittow verbindet (Schaabe), mit ihrem Bestand an Nadelbäumen und dem kilometerlangen Sandstrand.
- Das Wasser der Tromper Wiek, das je nach Windrichtung und Windstärke beim Beobachter die unterschiedlichsten Gefühle wecken kann.
- Die Konturen des Kap Arkonas, das weit in das Meer hineinragt.
- Die Umrisse der Leuchttürme (des alten und des neuen)[39] sowie des Peilturmes in der Nähe des Hochufers.

In Abhängigkeit von der Wetterlage (Sonne, Wind und Wolkenformationen) können die Sichtverhältnisse von Tag zu Tag verschieden sein. Das Spiel der Farben in der Morgensonne oder in der Abenddämmerung, der Betrachter wird stets reichlich belohnt. Bei entsprechender Sicht kann der Beobachter seine Blicke über die ausgedehnte Strandlandschaft der Schaabe bis zum Kap Arkona schweifen lassen. So wird der Arkonablick zu einem unvergesslichen Erlebnis.

Unzählige Gäste des Ortes zeigten sich fasziniert von diesem Ausblick. Das spiegelt sich auch in den Eintragungen des Fremdenbuches des *Gasthauses zur Schaabe* wider. Insbesondere Naturfreunde sind auch heute noch ähnlich stark

---

[39] Neben dem nach Plänen von Schinkel 1827 erbauten Leuchtturm wurde 1902 ein weiterer mit modernisierter Leuchttechnik errichtet.

beeindruckt wie Otto Heinrich 1913. So inspirierte der Blick auf das Kap nicht wenige Urlaubsgäste zu assoziationsreichen Texten, Zeichnungen und poetischen Kreationen. Der Regionalforscher Haas verweist aus historischer Perspektive in diesem Zusammenhang auf einen bemerkenswerten Gesichtspunkt. Er schreibt: „… *ich glaube, daß Arkona auf der einen und Königshürn und Königsstuhl auf der anderen Seite für die Tromper Wiek eben dieselbe Rolle als Beobachtungsstationen gespielt haben, wie … die Burgwälle in der Granitz für die Prorer Wiek.*" [40] Mit „*Königshürn*" meint Haas offensichtlich das Hochufer von Glowe, heute als 'Königshörn' bezeichnet. Nach Haas müsse man davon ausgehen, dass dieses Königshörn vor ca. 750 Jahren sich „*annähernd ca. 1/2 km weiter in die See erstreckte als jetzt.*" Und er schlussfolgert: „*So kann dieser Punkt wohl geeignet erscheinen, auf seiner Spitze einen Burgwall zu tragen, der einen gesicherten Ausblick auf die Tromper Wiek gewährte …*"[41] Es ist nicht bekannt, ob diese Vermutung durch entsprechende Forschungen bestätigt worden ist. Was bleibt, ist die Tatsache, dass das Königshörn, der Ufervorsprung nahe dem jetzigen Hafen von Glowe, ein beliebtes Ausflugsziel der Besucher des Ortes und seiner Gäste geworden ist. Bei guter Sicht kann man von hier neben den Leuchttürmen sogar noch die Reste der slawischen Burganlage (Jaromarsburg) erkennen, in der sich das Heiligtum der Rügenslawen 'Swantewit'[42] befand. So mischt sich für den interessierten Beobachter auf sinnfällige Weise Rügensche Geschichte mit den Reizen der Landschaft.

Glowe hatte 1925 eine Wohnbevölkerung von 293 Personen, darunter 146 männliche und 147 weibliche. In den Adressbüchern[43] von 1899, 1913, 1937 und 1939 finden sich Namen, die den Einheimischen auch heute noch geläufig

---

[40] Haas, Alfred: Beiträge zur Kenntnis der rügenschen Burgwälle. In : Baltische Studien, Band 14, 1910, S. 80.

[41] Ebenda, S. 79.

[42] Der Überlieferung nach befand sich in der Jaromarsburg eine überlebensgroße Holzfigur (Swantewit) mit vier Gesichtern, die eine Gottheit der Rügenslawen darstellte.

[43] Vgl. Pommerndatenbank.de, Adreßbuch Pommern, Gunthard Stübs und die Pommersche Forschungsgemeinschaft, 30.8.2012.

sind: Bandelin, Borgwardt, Dröse, Dähn, Gips, Gottschalk, Harm, Marckmann, Nietz, Radvan, Steffen, Trebesch, Trost, Westphal, Wewetzer, Wessel. Mehrfach taucht der Name zu Putbus auf.[44] Für 1939 ist ein 'zu Putbus' u.a. als Besitzer für die Güter Koosdorf, Ruschwitz und den Forst Schaabe eingetragen.[45] Um die Jahrhundertwende entwickelt sich auch im Fischerdorf an der Tromper Wiek der Fremdenverkehr langsam aber stetig, wie die folgende Tabelle[46] zeigt:

	1911	1926	1938	1954
Glowe	691	1.050	2.597	229
Breege/ Juliusruh	2.009	2.503	6.026	2.152
Sassnitz	23.439	13.586	4.8817	623
Binz	25.678	23.964	26.125	10.527

Danach weilten im Jahr der Einrichtung des Fremdenbuches des *Gasthauses zur Schaabe* 1911 691 Fremdengäste in Glowe. Wie aus der Übersicht zu ersehen ist, entwickeln sich aber die Besucherzahlen bis 1938 kontinuierlich. 1926 sind es schon 1.050 Besucher. Bis 1938 verdreifachte sich die Anzahl der Touristen auf 2.597. Der Tourismus wird nun allmählich neben der Fischerei zu einem wichtigen Erwerbszweig. Allerdings sind andere Ostseegemeinden in dieser Hinsicht schon viel weiter.

Saßnitz beherbergte 1911 bereits 23.439, Binz 25.678 Gäste. Und auch der Nachbarort am anderen Ende der Schaabe, Breege/Juliusruh, hatte Glowe in dieser Hinsicht überholt. Die Badeorte auf Wittow verbuchten für 1911 immerhin schon 2.009 Urlauber. Glowe war also unter den sich rasant entwi-

---

[44] Von bzw. zu Putbus ist der Name eines rügischen Fürstengeschlechts slawischen Ursprungs, das die Geschicke der Insel über Jahrhunderte mitbestimmt hat.

[45] Vgl. Pommerndatenbank ebenda.

[46] Die Angaben wurden der Untersuchung von Bruno Benthin entnommen: Studien zur Entwicklung des Erholungswesens an der Ostseeküste der DDR 1945-1965, Greifswald-Stralsunder Jahrbuch, Bd. 7, 1967, S. 135-161.

ckelnden Ostseebädern weniger bedeutsam. Dennoch stiegen die Besucherzahlen in den folgenden Jahren auch in Glowe langsam aber stetig an. Dies lag offensichtlich auch daran, wie Weber in seiner Studie feststellt, dass in Glowe 1896 zwei Pensionen auf „fürstlich putbusschem Grund" gebaut wurden. Eine dieser Neubauten könnte das um 1850 gegründete Gasthaus zur Schaabe betreffen (siehe dazu unten). Damit, so Weber, „rückte Glowe in die Reihe der Rügenbäder auf."[47]

Auf Rügen hatte gegen Ende des 19. Jahrhunderts ein unkontrollierter Bauboom eingesetzt. Es entstanden vor allem auf Südrügen und in Saßnitz zahlreiche Pensionen und Hotels. Das führte alsbald zu einem Überangebot an Ferienunterkünften. Vor allem Hotelbesitzer versuchten sich mit Dumpingpreisen zu retten. Das ging zu Lasten der kleineren Anbieter. Im Ergebnis dieser ungünstigen wirtschaftlichen Entwicklung nahmen die Zwangsversteigerungen von Grundstücken und Immobilien auf Rügen zu. Am stärksten waren im Zeitraum 1887-1913 Sellin (48), Göhren (35) und Saßnitz (29) betroffen.

Für Glowe wird lediglich für das Jahr 1901 eine Zwangsversteigerung angegeben.[48] Saßnitz hatte noch mit einem anderen Problem zu kämpfen; dem fehlenden Sandstrand. Zunehmend bevorzugten die Badegäste Regionen mit weißem feinkörnigem Sand. Auch das Sonnenbaden kam stärker in Mode. Damit konnten vor allem die Mönchguter Bäder Gäste anziehen. Und auch Glowe, das an der Schaabe über einen langgestreckten Sandstrand verfügte. Ein Prospekt des 'Freibades Glowe' aus dem Jahre 1930 gibt für das Jahr 1929 1.240 Badegäste an. Damit war die Anzahl der Badegäste von 1926 (1050)-1929 deutlich angestiegen. In dem Prospekt heißt es u.a.: „Zwei Tage Sonne in Glowe und du fährst aus der Haut. Darum eignet sich Glowe besonders zum Aufenthalt bei Nervosität,

---

[47] Weber, Egon: Die Entwicklung des Ostseebades Saßnitz bis zum ersten Weltkrieg (Teil II), In: Greifswalder-Stralsunder Jahrbuch, Band 5, 1965, S. 45-92.

[48] Weber, Egon, ebenda, S. 74.

Blutarmut, englischer Krankheit, Skrofulose[49], *Bronchitis.*"[50] Das kleine Fischerdorf empfiehlt sich nun selbstbewusst als Kurort und bemüht sich sowohl um Erholungsuchende als auch um auf Linderung hoffende kranke Besucher. Das *Gasthaus zur Schaabe* wirbt in dem erwähnten Prospekt mit „*guter Verpflegung und mäßigen Preisen*" Eine „*Tagespension*" wird mit 4,00 bis 5,50 Reichsmark angegeben. Für damalige Verhältnisse hatte Glowe eine relativ gut ausgebaute Versorgungsstruktur; es gab einen Kolonialwarenladen (Franz Dähn), einen Frisier-Salon (Franz Heyden), ein Gustav Dähn bot Drogerieartikel und sogar die Vermietung von Autos an. Zugesichert werden dem Badegast auch elektrisches Licht, Fernsprecher und eine Poststation. Ein Postauto sicherte die Verbindung zum nächsten Bahnhof in Sagard. Im Prospekt heißt es dazu: „*Fahrkarten bis zum Endziel Glowe werden an allen größeren Bahnhöfen verausgabt.*" Das Fischerdorf Glowe gewinnt nach der Jahrhundertwende nach und nach Sympathisanten, darunter recht prominente. Auch die Schriftstellerin Elizabeth von Arnim machte hier Rast und kehrte in ein Gasthaus ein, „*das erste, auf das wir trafen - beinah dem ersten Haus überhaupt*", so schreibt sie in ihrem Reiseroman *Elizabeth auf Rügen* (S. 182). Zwangsläufig wird sie an dem um 1898 errichteten roten Klinkerbau vorübergekommen sein, es war wahrscheinlich das erste Haus am Ortseingang von Glowe, das Schulhaus. Der Fremde, der die Landstraße von Sagard benutzte, konnte es kaum übersehen.

---

[49] Die Bezeichnung „englische Krankheit" wurde damals häufig für das Krankheitsbild Rachitis verwendet. Eine Ursache für die Erkrankung des Stützsystems (Knochen, Wirbelsäule) kann ein Mangel an Vitamin D sein. Die Sonnenstrahlung hilft dem Organismus, Vitamin D zu produzieren. Mit Skrofulose wurde damals im allgemeinen Sprachgebrauch das Krankheitsbild der Tuberkulose bezeichnet.

[50] Ostseefreibad, Seebade- und Luftkurort Glowe auf der Insel Rügen, Saison 1930, Hrsg. Badeverwaltung des Ostsee-Freibades Glowe.

Abbildung 2

Eines der ersten Häuser am Ortseingang von Glowe. Das Foto zeigt das Schulhaus mit Schülern (wahrscheinlich um die Jahrhundertwende).

In unmittelbarer Nachbarschaft dieses Hauses befanden sich, aus Richtung Sagard/Bobbin gesehen, rechts zwei weitere Häuser; das der Familie Nietz (es ist auf diesem Foto am linken Rand erkennbar) und das des Gastwirtes Bandelin. Eine Familie Nietz ist im Adressbuch für Glowe schon ab dem Jahre 1899 eingetragen. Zum Zeitpunkt des Aufenthalts der Elizabeth von Armin (1901) gab es in Glowe drei Gasthäuser:

- Das *Gasthaus Carl Bandelin*
- Das *Gasthaus zur Schaabe*
- Das *Strandhotel*.[51]

---

[51] Eine Pension „Ernst Wessel" kam später hinzu. Ein Ernst Wessel ist als Hausbesitzer im Adressbuch von Glowe von 1899 eingetragen, ein Magnus Wessel für das gleiche Jahr als Gasthausbesitzer.

Elizabeth von Arnim(1866-1941)[52] wird vermutlich während ihrer Rügenreise im Sommer 1901 in das *Gasthaus Bandelin* eingekehrt sein. Die Autorin nutzte den Aufenthalt auf Rügen für Recherchen zu ihrem 'Rügenroman', der dann 1904 in England erschien (*The Adventures of Elizabeth in Rügen*). Offensichtlich war sie von der gewählten Unterkunft ganz angetan, denn in ihrem Reisebericht können wir lesen:

„Mein Zimmer war recht hübsch, seine beiden Fenster gingen hinaus auf die mit gro-ßen Kleeflecken gesprenkelte Ebene, auf der Kühe weideten. Links sah man das Spyker Schloß, dahinter den Kirchturm von Bobbin" (v. Arnim, S. 182). Elizabeth notierte, dass über dem Eingang des Gasthauses folgender Spruch zu lesen war:

> *„Sag, was du willst, kurz und bestimmt.*
>
> *Laß alle schönen Phrasen fehlen,*
>
> *Wer nutzlos unsere Zeit uns nimmt,*
>
> *Bestiehlt uns - und du sollst nicht stehlen"* (ebenda, S. 182).

Die Besucherin kommentiert dazu: *„Dementsprechend war ich sehr kurz ange-bunden, als der Wirt erschien, ich befreite meine Sprache von schwächlichen Wörtern wie bitte und danke und bemühte mich um grimmige Einsilbigkeit, um es richtig zu machen"* (ebenda). Von Glowe aus unternimmt die Autorin am folgenden Tag, gestärkt durch ein kräftiges Frühstück, einen Ausflug zum Kap Arkona. Hinter Juliusruh wurde die Reise beschwerlich, weil die befestigte Straße durch die Schaabe in einen Sandweg überging. Dieser Umstand und das schlechte Wetter machten ihr, ihrer Begleitung und auch den Pferden arg zu schaffen. Ausdrück-lich erwähnt die Autorin das Fremdenbuch, das im Logierhaus am Kap Arkona ausgelegen hatte, als das „Beste des Ortes". Auf dieses Urteil hatte wahrschein-lich auch das schlechte Wetter an diesem Tag Einfluss gehabt, Regen und stür-

---

[52] Die Angaben beziehen sich auf Elizabeth von Arnim: Elizabeth auf Rügen. Ein Reiseroman, Berlin 2004. Der eigentliche Name der Autorin war Mary Annette Beauchamp, geboren in Kirribilli Point bei Sydney, am 21. Februar 1891 heiratete sie in London einen von Arnim-Schlagenthin. Sie publizierte fortan unter dem Namen Elizabeth von Arnim. Das Paar lebte u. a. in Berlin und Pommern (Gut Nassenheide).

mischer Wind trübten die Entdeckerlaune der Touristin ganz erheblich. Umso interessierter durchblätterte sie das Fremdenbuch des nahe dem Leuchtturm (gemeint ist der von Schinkel entworfene Leuchtturm von Kap Arkona) gelegenen Gasthauses, in dem sie und ihre Begleitung Rast machten. In diesem Buch hatten sich, so vermerkt die Autorin, u.a. Caprivi[53] als Leutnant sowie Waldersee[54] ebenfalls als Leutnant eingetragen (v. Arnim ebenda, S. 198). Ihr werden auch nicht die Namen anderer prominenter Besucher des Kaps entgangen sein. Darunter Otto von Bismarck (14. August 1844), Richard Wagner (4. Juli 1850), Theodor Fontane (11. September 1884) und Gerhart Hauptmann (30. Juli 1885)[55]. Es ist anzunehmen, dass von Arnim den Eintrag von Gerhart Hauptmann[56] mit besonderem Interesse zur Kenntnis genommen hat. Glowe selbst hinterließ bei der Besucherin einen guten Eindruck. So notierte sie ein wenig melancholisch: „*Dieser Ort war von allen auf Rügen, die ich kennengelernt habe, der ländlichste und friedlichste*" (v. Arnim ebenda, S. 84). Solche oder ähnliche Eintragungen finden sich wenige Jahre später auch im Fremdenbuch des *Gasthauses zur Schaabe*. Allerdings stammen sie von weit weniger prominenten Persönlichkeiten.

3 Fremdenblatt, Fremdenliste, Fremdenbuch

Zu Beginn des 20. Jahrhunderts ist der Fremdenverkehr zu einem wichtigen Erwerbszweig an der deutschen Ostseeküste geworden. Damit verbunden war die Entwicklung von geschäftsfördernden Kommunikationsmethoden und -formen. Kommunikation benötigt stets Mittel zum Transfer von Informationen. Mit der Erfindung des Buchdrucks wurden gedruckte Texte in Form von Bü-

---

[53] Leo Graf von Caprivi, 1801-1899, deutscher Reichskanzler 1890-94.
[54] Heinrich, Karl Ludwig von Waldersee, 1832-1904, Preußischer Generalfeldmarschall u.a. an der Niederschlagung des sog. Boxeraufstandes in China beteiligt.
[55] Paul Meinhold: Aus Arkonas Fremdenbüchern, Stettin 1907, S. 27-40.
[56] Gerhart Hauptmann weilte im Sommer 1895 auf Rügen, dabei besuchte er auch die Insel Hiddensee, die später sein bevorzugter Aufenthaltsort werden sollte.

chern, Flugschriften oder Zeitungen zu bevorzugten Medien, um Informationen (Meinungen, Erkenntnisse, politische Ansichten usw.) zu kommunizieren. Im digitalen Zeitalter entstehen andere Formen des Informationstransfers und damit verbunden neue Möglichkeiten, z.b. Alltagserfahrungen oder Standpunkte und Erkenntnisse (z. B. über Facebook oder per E-Mail) in die Kommunikation einzubringen. Heutige digitale Medien haben einen unvergleichlich größeren Wirkungsgrad als z.b. eine Fremdenliste, ein Fremdenblatt oder ein Fremdenbuch zu Beginn des 20. Jahrhunderts.

Aber auch diese Kommunikationsmittel waren Bausteine zur Entwicklung einer Kommunikationsgesellschaft. Und auch sie erzeugten wirtschaftliche Effekte. Das Medium (bzw. Mittel des Transfers) selbst wirkt auch auf die Auswahl von Wissensbeständen zurück, z.b. im Sinne der Selektion und der Strukturierung. Mediale Repräsentationen bzw. mediale Repräsentationsformen entstehen und vergehen mit den kommunikativen Bedürfnissen einer Zeit. Das Verhältnis von Medium und Inhalt des Transfers ist durchaus wechselseitig. Seit dem 16. Jahrhundert kennt man sog. „Stammbücher", in die sich enge Freunde zur Erinnerung handschriftlich eintrugen. Studenten baten oft auch ihre Professoren, ihnen etwas in dieses „Stammbuch" zu schreiben. Im 18. Jahrhundert entstehen die „Poesiealben", auch sie dienten dazu, Freunden oder Verwandten Ratschläge und Sinnsprüche auf den weiteren Lebensweg mitzugeben. Tagebücher hatten die Aufgabe, die Erlebnisse des Besitzers zu konservieren, um später die Chronik des eigenen Lebens verfolgen zu können. Sie wurden in der Regel zu Lebzeiten unter Verschluss gehalten.

Berühmt geworden ist das Fremdenbuch des Schweizer Theologen Johann Caspar Lavater (1741-1801). Er legte in seinem Haus in Zürich ein Buch mit unbeschriebenen Blättern aus und bat seine Gäste, darunter Goethe, sich einzutragen. Sie nutzten das 'Angebot' zur schriftlichen Äußerung u.a. dazu, den

Gastgeber und seine Gastfreundschaft zu preisen.[57] Das Deutsche kennt ungezählte Komposita mit dem Nomen „Buch". Das Grimmsche Wörterbuch führt das Wort *Fremdenbuch* mit dem Hinweis auf: „*dergleichen gastwirte führen.*"[58] Allerdings gibt es das deutsche Wort „Fremdenbuch" im 19. Jahrhundert in mindestens zwei Bedeutungen: Zum einen als Buch, das Informationen für Fremde bereithält. Aus diesen Motiven heraus entstand 1834 das „Fremdenbuch für Heidelberg".[59] Zum anderen als Buch (mit unbeschriebenen Blättern), das in Hotels, Logierhäusern, Pensionen, auch in öffentlichen Institutionen ausliegt, in das sich Gäste von außerhalb (Fremde) eintragen können, um ihre individuellen Eindrücke bzw. Fremdheitserlebnisse vom besuchten Ort zu schildern und mit eigenen Stellungnahmen zu verknüpfen.

Im 19. Jahrhundert entwickelte sich das „Fremdenbuch" zu einem Medium des Transfers von Meinungen bzw. Stellungnahmen im Gastgewerbe, das neu aufkommenden kommunikativen Bedürfnissen entsprach. Im Unterschied zum Tagebuch soll das Fremdenbuch durchaus einem öffentlichen Publikum zugänglich sein. Nachfolgenden Nutzern des Fremdenbuchs soll aufgezeigt werden, wer sich bereits vor ihnen eingetragen hatte. Naturgemäß legten Gastwirte dann besonderen Wert darauf, das Buch neuen Gästen vorzulegen, wenn vorherige Besucher in ihrem Eintrag positive Wertungen zum Gasthaus und der Umgebung zum Ausdruck gebracht hatten.

Das Erzielen öffentlicher Aufmerksamkeit wurde zunehmend zu einem Element der Imagebildung, das insbesondere Politiker, Künstler aber auch Gewerbetreibende für sich zu nutzen wussten. Mit der Zunahme des Fremdenverkehrs in Deutschland im 19. Jahrhundert und dem Entstehen einer „marktbedingten Öf-

---

[57] J. C. Lavaters Fremdenbücher. Faksimile-Ausgabe der Fremdenbücher & Kommentarband, bearbeitet von Rudolf Pestalozzi, hrsg. von Anton Pestalozzi, 8 Bände: 6 Fremdenbücher, 1 Band Besucherkärtchen und 1 Kommentarband, Mainz 2000.

[58] Deutsches Wörterbuch von Jacob und Wilhelm Grimm, 16 Bde. in 32 Teilbänden. Leipzig 1854-1961, Quellenverzeichnis Leipzig 1971, Online-Version vom 18.09.2013.

[59] Leonhard, Carl Cäsar von, Fremdenbuch für Heidelberg und die Umgegend (Band 1): Mit Holzschnitten und eingedruckten Lithographien, Heidelberg 1834.

fentlichkeit"[60] gewinnt das Fremdenbuch im Sinne einer Dokumentation von Gästebesuchen und als ein praktikables Kommunikationsmittel zum Transfer von persönlichen Eindrücken im Gastgewerbe zunehmend an Bedeutung. Denn die Tatsache, dass eine Prominente/ ein Prominenter eine Region oder eine gastliche Stätte besucht hatte und zufrieden nach Hause reiste, ließ sich gut vermarkten.[61] Das verdeckte Argumentationsmuster lautet, wenn der/ die prominente X das Produkt (Dienstleistung) gut findet, dann ist das auch gut für mich bzw. wenn der/ die prominente X diesen Ort besucht hat, dann ist das auch für mich von Interesse.

Mit dem Fremdenverkehr entstehen auch die Bezeichnungen „Fremdenblatt" und „Fremdenliste". In diesen Medien wurde annonciert, welcher Fremde sich zu einer bestimmten Zeit im Ort aufhielt. So wurde z.B. in Hamburg 1828 eine „Fremdenliste" als Beilage zur Morgenzeitung herausgegeben. Daraus entstand später das „Hamburger Fremdenblatt", das 1944 seinen Vertrieb einstellte. Der „Swinemünder Bade-Anzeiger" informierte über die angereisten Fremden und druckte eine Liste mit Namen, Titel und sozialer Stellung ab. Ebenso wurde vermerkt, wo die betreffenden Personen wohnten. Das konnten sowohl Privatquartiere, aber auch Pensionen und Hotels sein.[62]

Am 6. Juni 1910 wird u.a. die Ankunft eines Professors Basedow und eines Rittergutsbesitzers von Below oder eines Fabrikanten Ernst Heinrich nebst Bedienung gemeldet. Bei dem Gast mit dem Namen Basedow könnte es sich um den Angehörigen einer bekannten deutschen Wissenschaftlerfamilie handeln.[63]

Die mit der „Fremdenliste" vermittelten Informationen waren zum einen für die regionale Wirtschaft von Bedeutung, zum anderen trugen sie zur Imagebil-

---

[60] Vgl. dazu u.a. Schiewe, Jürgen: Öffentlichkeit. Entstehung und Wandel in Deutschland, Ferdinand Schöningh, Paderborn, München, Wien, Zürich, 2004.

[61] Heutige Werbeexperten verwenden dafür den Begriff *Testimonials*.

[62] Swinemünder Bade-Anzeiger, Zeitung für den Bade-und Fremdenverkehr im See-und Solbad Swinemünde, Montag, den 6. Juni 1910.

[63] Ein Carl Adolph von Basedow 1799-1854 gilt als der Entdecker des Morbus Basedow, einer Erkrankung der Schilddrüse (Überfunktion).

dung für das Seebad bei. Außerdem bot sich der „Swinemünder Badeanzeiger" als idealer Werbeträger an. Tatsächlich nutzten zahlreiche Unternehmen des Ortes und der Umgebung diese Möglichkeit, um ihre Produkte und Dienstleistungen zu offerieren.

Auch die sich stürmisch entwickelnden Ostseebäder Saßnitz und Crampas gaben ab 1890 eine 'Amtliche Fremdenliste' heraus. Der Vorläufer dieser Fremdenliste war eine sogenannte 'Kurliste'; sie wurde erstmals 1875 herausgegeben. Am 30. Juni des Jahres 1890 konnte die 'Fremdenliste' der beiden Ostseebäder hohen Besuch aus Berlin vermelden; die deutsche Kaiserin Auguste Victoria nebst den Prinzen und dem Kronprinzen waren angereist. Man residierte in drei Häusern, in der „Villa Marta", der „Villa Käthe" und der „Villa Jenny". Bis Bergen reisten die Kaiserin und ihre Begleitung per Bahn, der Rest des Weges musste in der Kutsche zurückgelegt werden. Nach Auskunft von Zeitzeugen habe sich die Kaiserin in Saßnitz sehr wohl gefühlt. Von dort habe der hohe Besuch aus Berlin per Schiff und über Land Ausflüge in die Umgebung unternommen u.a. nach Arkona,[64] so der Chronist Max Koch.

Die Fremdenlisten von Crampas und Saßnitz waren Bestandteil der „Rügenschen Bade-und Hotelzeitung", die in der Buchdruckerei von Ferdinand Becker in Bergen hergestellt wurde. Fremdenblätter und Fremdenliste avancierten schrittweise zu einem wichtigen Marketinginstrument, genauso wie das Fremdenbuch. Besitzer von Gasthäusern und Hotels warben mit Empfehlungen, die von vorherigen Besuchern gegeben worden waren. Mit dem zunehmenden Gebrauch von Fremdenbüchern war ein Medium gefunden, das gut geeignet war, nachfolgenden Gästen eigene, ganz persönliche Eindrücke von der gastlichen Stätte oder vom Urlaubsort zu überliefern. Fremdenbücher wurden so zunehmend ein Instrument der Kundenbindung und des Marketings, um es modern auszudrücken. Durch sie wurde die Geschichte eines Gasthauses, einer Pension oder eines Hotels für Fremde erlebbar und lebendig. Der oft beschworene ge-

---

[64] Max Koch ebenda, S. 51-54.

nius loci, der Geist des Ortes, macht ihn attraktiv und einmalig. Fremdenbücher halfen und helfen, diesen 'Geist' zu kommunizieren. Haftete dem deutschen Wort „Fremder" vor Zeiten noch ein Hauch des Ungewöhnlichen und Unberechenbaren an, so war der „Fremde" an der Ostseeküste von Rügen nun zu einem willkommenen Wirtschaftsfaktor geworden. Nach und nach verlor das Wort ehemals negative Konnotationen. Die Ankunft von Fremden bzw. Gästen aus anderen Regionen und Ländern wurde für die Hotel- und Pensionsbetreiber und die zahlreichen Kleinvermieter zur Existenzfrage, insbesondere in wirtschaftlich schwierigen Zeiten. Für ihn, den Fremden, wurden entsprechende Dienstleistungen organisiert, wie z.B. Ausflüge zu Land oder zu Wasser, die Vermittlung von regionalem Brauchtum oder Veranstaltungen zur Unterhaltung und der Gesundheitspflege.

Das deutsche Wort „Kur" wurde zunehmend in zahlreichen Komposita verwendet, wie etwa in Kurliste, Kurgast, Kurplatz, Kurkonzert usw. Orte, in denen man sich „kurieren" konnte, die also dazu beitrugen, die eigene Gesundheit zu fördern, genossen ein hohes Ansehen bei denjenigen Besuchern, die vor allem Erholung suchten.

4 Was Fremdenbücher erzählen können

Dass Fremdenbücher schon recht früh in bestimmten Leserkreisen Interesse fanden, darauf deutet eine Publikation von 1907 über die Fremdenbücher vom Kap Arkona hin.[65] Paul Meinhold publizierte die Eintragungen von prominenten Persönlichkeiten aus Politik und Kultur, die das Kap auf der Insel Rügen besucht hatten.

Für den heutigen Leser dürfte die Frage interessant sein, welche Botschaften in und mit den Texten übermittelt werden, und wie man diese Informationen ent-

---

[65] Vgl. Meinhold, Paul, ebenda. Der Plural im Titel erklärt sich dadurch, dass Meinhold offensichtlich mehrere Fremdenbücher des damaligen Logierhauses am Kap Arkona ausgewertet hat.

schlüsseln kann. Mit diesen Fragen befassen sich u.a. die Textlinguistik und die Diskurslinguistik.

Durch die gezielte Analyse von Texten und Diskursen[66] können kommunikative Verhältnisse und ursprünglich verfolgte kommunikative Ziele der Textverfasser rekonstruiert werden. Dies ermöglicht überraschende Einblicke in die geistige Welt der Schreiber (im Falle von schriftlich verfassten Texten). Ein Textproduzent entäußert in einem Text nicht nur eine Sachinformation, sondern auch Persönlichkeitseigenschaften, Stimmungen Charaktereigenschaften, Einstellungen sowie Grundüberzeugungen usw. Graphologen können darüber hinaus anhand der Handschrift zusätzliche Informationen über den Schreiber bzw. die Schreiberin[67] ermitteln.[68] Unter Berücksichtigung dieser Faktoren kann man also davon ausgehen, dass historische Texte unter Hinzuziehung des Kontextes einem heutigen Leser weit mehr Informationen liefern können als bei oberflächlicher Betrachtung angenommen.

Für den Leser dürfte auch die Tatsache interessant sein, welche Motive einen Schreiber zu einem Text bewegt haben und welche Stimmungen und Einstellungen (religiöse, politische, weltanschauliche usw.) sich an einem solchen Text ablesen lassen. Für den Diskurslinguisten interessant ist die Frage, ob es Bezüge zum offiziellen politischen Diskurs der Zeit gibt, in der der Text entstanden ist, und wie man sie erkennen kann. Die Wissenschaft hat für die Beantwortung dieser Fragen inzwischen ein praktikables Arsenal an Analysemethoden entwickelt.

Das Fremdenbuch am Kap Arkona wurde 1843 eröffnet und lag in dem Logierhaus des Wirtes Schilling aus. Der Gastwirt wird in vielen Eintragungen lobend

---

[66] Unter einem Diskurs soll hier in aller Kürze ein thematisch zusammenhängender Komplex von Texten verstanden werden.

[67] Nachfolgend wird neutral von dem Schreiber bzw. Textproduzenten, Leser usw. gesprochen, womit dann sowohl weibliche als auch männliche Akteure gemeint sind.

[68] Als einer der Begründer der Graphologie (Ausdruckspsychologie) gilt Ludwig Klages (1872-1956).

erwähnt. Er erlangte überregionale Bekanntheit, weil er als ehemaliger Leuchtturmwärter zahlreichen Schiffbrüchigen das Leben gerettet hatte.[69]

Nachdem das ehemalige Schwedisch-Vorpommern mit Rügen ab 1815 zu Preußen gehörte, wurde das Kap Arkona zu einem beliebten Ausflugsziel preußischer und anderer deutscher Prominenz. In zeitgenössischen Darstellungen wurde diese Nordspitze der Insel Rügen zu einem Symbol und Sinnbild für Wehrhaftigkeit stilisiert. Ragte doch das Kap in das Meer hinaus und war oft den entfesselten Naturgewalten ausgesetzt. Hinzu kommt, dass sich hier sichtbar die Überreste eines slawischen Heiligtums aus nichtchristlicher Zeit befinden (siehe dazu oben). Die Jaromarsburg am Kap und die geographische Lage waren gut geeignet, um als Folie für nationalistische und patriotische Stimmungen zu dienen, die sich insbesondere Mitte des 19. Jahrhunderts in Preußen ausbreiteten.

Die Kriege von 1864, 1866 und 1870 dienten bekanntlich dem Ziel, Preußen eine Vormachtstellung im traditionalen Reichsverband und darüber hinaus zu sichern.[70] Otto von Bismarck (1815-1898), der spätere Reichskanzler, war mit Neuvorpommern eng verbunden. Hatte er doch in der vorpommerschen Universitätsstadt Greifswald einen Teil seines Wehrdienstes abgeleistet (1838-1839). Die Zeit in Greifswald nutzte er außerdem dafür, sich an der Landwirtschaftsakademie Eldena, die sich in unmittelbarer Nähe der Stadt am Ryck befand, auf seine spätere Tätigkeit auf den elterlichen Gütern vorzubereiten. Bismarck selbst hatte die Nordspitze Rügens wenige Jahre nach seinem Militärdienst in Greifswald besucht und sich mit seinem Namen in das dortige Fremdenbuch eingetragen. Zum Bedauern von Meinhold hatte er jedoch keine weiteren Kommentare hinterlassen. Sichtlich gerührt schreibt Meinhold dazu:

---

[69] Vgl. dazu Meinhold, ebenda, S. 21.
[70] 1864 Deutsch-Dänischer Krieg, 1866 Deutsch-Österreichischer Krieg, 1870-1871 Deutsch-Französischer Krieg.

„Da steht am 14. August 1844 von Bismarck. Es ist noch nicht die spätere, so bekannte steile Schrift des alten Recken, aber die Züge zeigen männlichen Willen und Festigkeit" (Meinhold ebenda, S. 27).

Meinhold selbst ist sichtlich bemüht, dem Leser von 1907 seine Deutung der Einträge zu vermitteln. Aus seinen Zeilen spricht Ehrfurcht und Hochachtung, wenn er vom „alten Recken" spricht. An den Schriftzügen vermag er schon jetzt „männlichen Willen und Festigkeit" zu erkennen. Es ist anzunehmen, dass Meinhold in diese Einschätzung sein Preußenbild von 1907 bewusst oder unbewusst hat einfließen lassen. Denn 1844 war Bismarck (1815-1898) ganz am Beginn seiner politischen Karriere. In diesem Sinne aufschlussreich ist auch die Widmung des Autors für die *„lieben Wittower"* am Anfang des Buches:

„Arkonas Burg im Norden,

Du stolzer Fels am Meer.

Ein Zeuge bist du worden

Von Deutschlands Schmach und Ehr!" (Meinhold ebenda, S. 1)

Diese Eintragung weist darauf hin, dass Meinhold ein überzeugter Anhänger des preußisch-deutschen Kaiserreiches war. Das Kap Arkona sieht er als Sinnbild (*Zeuge*) für die wechselvolle Geschichte seiner Heimat an (*Deutschlands Schmach und Ehr*). Dies entsprach dem politischen Herrschaftsdiskurs seiner Zeit (1907). Nachfolgend zur Veranschaulichung weitere Belege dafür: Ein Wilhelm Müller hinterließ der Nachwelt folgende Zeilen:

„Auf Arkonas Bergen ist ein Adlerhorst, wo vom Schlag der Wogen seine Spitze borst.

Spitze deutschen Landes, willst sein Bild du sein?

Riss und Spalten splittern deinen festen Stein."

Ließ der deutsche Kaiser fliegen dich zugleich

Als er brach in Stücken, ach! Das deutsche Reich?" (Meinhold ebenda, S. 18)

Dieser Text (um 1850 geschrieben) dürfte dem heutigen Leser weitestgehend unverständlich sein. Ein Schlüssel liegt im Deutungszusammenhang, den der Herausgeber (Meinhold) dem Leser von 1907 nachfolgend mitliefert:

„Da droben aber am hohen Ufer, unzugänglich von allen Seiten, ist der Adlerhorst, den Wilhelm Müller in seinem schönen Liede so innig in Beziehung gesetzt hat zu den Geschicken unseres Landes und Volkes" (Meinhold ebenda).

Mit dieser Bewertung wird klar, dass „Adler" in der Kombination mit „Horst" eine Metapher (Sprachbild) darstellt. Der „Adler" ist ein Symbol für Stärke und Wehrhaftigkeit. Unschwer ist über das Bild vom Adlerhorst (Behausung des Adlers) auch der Topos[71] von der Gefahr des Vaterlandes zu erschließen („... *brach in Stücken, ach! Das deutsche Reich"*). Der Verlust des „Adlerhorstes" wird zum Symbol für den Verlust des Kaiserreiches. Das ist vermutlich eine Anspielung auf die Niederlage der preußischen Truppen in der Schlacht von Jena und Auerstedt 1806 gegen Napoleon.[72] Diesen über ein komplexes Sinnbild bzw. Allegorie vermittelten Deutungszusammenhang muss der Leser von heute erkennen, um den Text von 1850 richtig verstehen zu können. Ein weiteres Beispiel: Am 18. Juli 1872 trägt sich eine Hedwig W. aus Berlin mit folgenden Versen in das Fremdenbuch am Kap Arkona ein:

---

[71] Unter Topos (Topoi) werden historisch tradierte Schlussformeln verstanden. Z.B. wenn etwas, ein Wert, eine Position (Vaterland, Besitz) in Gefahr ist, dann muss es verteidigt werden. Derartige Schlussformeln müssen in der Regel aus Texten erschlossen werden, um das richtige Verständnis des Textes zu sichern.

[72] Der Schwarze Adler war ein Symbol für Preußen. Der Schwarzer-Adlerorden gehörte zu den bedeutendsten Auszeichnungen des preußischen Staates, er wurde durch Kurfürst Friedrich III. von Brandenburg einen Tag vor seiner Krönung (18.1.1701) zum König in Preußen am 17.Januar 1701 gestiftet. Die Nazis missbrauchten dieses Symbol für ihre propagandistische Zwecke. Für Hitler erbaute Bunkeranlagen wurden „Adlerhorst" genannt.

„Du ewiges, du schönes Meer,

Wie oft bist du besungen!

Viel gut und schlechte Verse sind zu deinem Lob erklungen.

Du aber rauschest für und für,

Was kümmert dich unser Treiben!

Die singst ein Lied, das keiner noch nachsingen konnt oder schreiben."

Meinhold kommentiert: „Du hast recht, liebe Hedwig, die Welt ist ganz gut, nur die Menschen! Die Menschen!" (Meinhold ebenda, S. 4) Der Autor sieht in der Zeile „was kümmert dich unser Treiben" offensichtlich einen Bezug zu den gesellschaftlichen Verhältnissen der damaligen Zeit. Bei dieser Schreiberin kommt der Wunsch nach Stabilität und Berechenbarkeit zum Ausdruck. Das „Meer" wird als eine Allegorie[73] bzw. Sinnbild für eine solche Größe angesehen. Am 25. Juli 1880 schreibt ein Besucher in das Fremdenbuch vom Kap Arkona folgende Verse:

1. Vor vielen hundert Jahren

Stand hoch im deutschen Nord

Ein Mann in blonden Haaren

Auf dieses Meeres Bord.

2. Die starke Rechte stützte

Ein roher Eichenspeer

Das blaue Auge blitzte

Wohl übers blaue Meer.

---

[73] Unter einer Allegorie bzw. Sinnbild wird in der Stilwissenschaft ein Mittel des Anderssagens verstanden. Oftmals bedient man sich der Personifizierung, wie im vorliegenden Falle, um einen Vorgang oder Ereignis anschaulicher zu machen. Sinnbilder sind oft mit Symbolen und bildhaften Darstellungen verknüpft.

3. So hoffte er und spähte
Bis spät zum Dämmerlicht,
Manch Segel, das sich blähte
Nur das ersehnte nicht.

4. Und als das erste Flimmern
Der Sonne küßt' das Land
Schwamm mit des Schiffes Trümmern
Ein Toter an den Strand.

5. So war es einst vor Jahren
Jetzt warnt ein Feuerturm
Den Schiffer vor Gefahren
In Wetternacht und Sturm.
...

8. Ein Licht, wenn alle beben
In Wetternacht und Graus
Ein Staat, ein Ziel, ein Streben
Hoch Deutschlands Kaiserhaus!!!"

Diese von Pathos getragenen Zeilen eines offensichtlich stark emotional beweg-ten Schreibers weisen zahlreiche Hinweise zum politischen Diskurs der damali-gen Zeit auf. Da ist zum einen der Bezug auf die damals verbreitete Vorstellung von der angeblichen „Überlegenheit" der sog. „germanischen Rasse" (blondes Haar, blaue Augen usw.). Zum anderen der direkte Verweis auf den offiziellen Lobpreisungsdiskurs für Deutschlands Kaiserhaus. Der Schreiber gibt sich damit als eifriger Parteigänger der Monarchie zu erkennen. Zum Ende des 19. Jahr-hunderts nahm das 1871 neu gegründete deutsche Kaiserreich tatsächlich eine rasante wirtschaftliche Entwicklung. Bezogen auf die Einrichtung eines moder-nen Leuchtturms auf dem Kap notiert Meinhold nicht ohne Stolz:

„Auch die äußeren Einrichtungen auf Arkona tragen der fortschreitenden Technik der Neuzeit und der Würde des Deutschen Reiches Rechnung" (Meinhold ebenda, S. 31).

Fünf Jahre danach trägt sich Gerhart Hauptmann mit folgenden Worten in das Fremdenbuch am Kap ein:

„Meerumschlungen und kreidegrün

Märendurchklungen und heldenkühn,

Herden im Hage, Reifendes Feld,

Flüsternde Sage, Lug in die Welt![74]

Meinhold kommentiert diese Eintragung lakonisch mit: *„Na ja!"* (Meinhold ebenda, S. 40). Wahrscheinlich war er enttäuscht, dass der Dichter die Zeitumstände nicht ein wenig offener kommentiert hatte. Aber auch die Eintragung von Hauptmann lässt Zeitbezüge erkennen. Seine Zeilen verweisen auf traditionelle Diskurse und Wissensnetze, z. B. zur Rolle und Funktion von Mythen und Heldensagen bei der Identitätsstiftung, was im preußisch dominierten Kaiserreich durchaus populär war. Nachfolgend die bemerkenswerte Eintragung zweier Deutsch-Österreicher:

„Es soll in unserer Herzen Bund

Kein schnöder Grenzpfahl ragen!

All überall ist deutscher Grund,

Wo deutsche Herzen schlagen" (Meinhold ebenda, S. 29).

1866 führen Preußen und Österreich Krieg. Es geht um die Vorherrschaft im „Deutschen Bund", dem beide Länder angehörten. Bekanntlich schlug die preußische Armee die Österreicher vernichtend bei Königgrätz[75] und nicht nur die geographische Barriere zwischen beiden Ländern wurde nun höher. Auch wenn

---

[74] Gerhart Hauptmann besuchte im Rahmen seiner Hochzeitsreise Rügen und auch Hiddensee. 1912 erhielt er für sein dichterisches Schaffen den Nobelpreis. Die Insel Hiddensee wurde sein bevorzugter Aufenthaltsort, hier ist auch sein Grab.

[75] In der Schlacht von Königgrätz (heute: Hradec Králove) trafen die preußischen Truppen auf die von Österreich und Sachsens.

die beiden Österreicher dies unter dem Eindruck des Kaps nicht wahrhaben wollten. Ein Regierungsassessor aus Stralsund schreibt nach der Entscheidungsschlacht von Königgrätz (3.07.1866) am 8. Juli 1866:

„In freudiger Begeisterung über die Erfolge der preußischen Waffen!" (Meinhold ebenda, S. 3)

Auch der deutsch-französische Krieg spiegelt sich in Eintragungen von Besuchern des Kap Arkonas wider. Ein Hauptmann formuliert am 5. August 1870:

„Gott mit Sr. Majestät dem König Wilhelm und mit der braven Armee" (Meinhold ebenda).

Vom 5. August 1870 kann man einen weiteren Eintrag zweier Offiziere lesen:

„Die Herzen zu Gott, die Fäuste auf den Feind."[76]

In diesen Einträgen zeigen sich nationalistische und militaristisch geprägte Geisteshaltungen, die vor allem in den konservativen Kreisen Preußens vorherrschend waren. In diesem Zusammenhang ist eine Eintragung eines Hauslehrers aus Vorpommern, Victor Blüthgen, vom 8. August 1872 interessant. Offensichtlich unter dem Eindruck der in Preußen und im neuen Kaiserreich vorherrschenden Siegeseuphorie findet er am Kap auf Rügen mahnende Worte:

„Reizlos und ernst zwar stehst du im Norden der herrlichen Insel,

Aber dein strahlendes Licht herrscht übers tobende Meer.

So auch sei der Verstand der nüchterne, ernste der Herrscher

Über der Leidenschaft Flut, die in dem Herzen oft tobt;

Und wie dein leuchtender Schein Arkona dem Schiffer den Hafen,

So auch zeig' der Verstand stets uns die richtige Bahn"

(Meinhold ebenda, S. 39).

---

[76] Im August 1870 tobten im Raum Sedan erbitterte Kämpfe zwischen den Truppen der von Preußen geführten Allianz und Frankreich, die Schlacht endete mit einer vernichtenden Niederlage für Frankreich. Der 2. September wird im deutschen Kaiserreich zum Feiertag ausgerufen (Sedantag).

Der Leuchtturm von Arkona wird bei Blüthgen zum Sinnbild eines Wegweisers für von politischer Vernunft geleitete Entscheidungen. Mahnende Worte, die wie die Geschichte zeigen sollte, wenig Gehör fanden.

Die Texte vom Kap Arkona, so sollte exemplarisch gezeigt werden, spiegeln in vielfältiger Weise die Ideenwelt der Schreiber wider. Sie sind auch heute noch interessant, helfen Sie doch dem Leser, das Gestern besser zu verstehen.

5 Abschiedstexte aus dem Fremdenbuch des *Gasthauses zur Schaabe* in Glowe auf Rügen

Das *Gasthaus zur Schaabe* entstand wahrscheinlich nach 1850. Ortschronisten verweisen in diesem Zusammenhang auf eine für 1850 erteilte Genehmigung zum Bau eines Gasthauses und eine Aufstockung des Kerngebäudes in den 1890er Jahren (wahrscheinlich 1896, in diesem Jahr wurden in Glowe nach Angaben von Weber zwei Pensionen errichtet, vgl. oben). Dies spricht dafür, dass sich die Investition der Betreiber ausgezahlt hatte und man neue Perspektiven, z.B. auch im Fremdenverkehr, sah. Der Name „Schabe" bzw. „Schaabe" schien in jedem Fall eine gelungene Wahl gewesen zu sein. Vermittelte er doch die Vorstellung von einer Landschaft zwischen Ostsee und Bodden, die wie eine Brücke zwei Inseln (Wittow und Jasmund) verbindet. Über die Herkunft des Namens gibt es unterschiedliche Angaben. Die Nehrung Schaabe ist, wie schon erwähnt, ein Produkt der Naturgewalten und wahrscheinlich erst in slawischer Zeit (6.-7. Jahrhundert) entstanden (vgl. Fußnote 9).

Die Fremden, die das Glower *Gasthaus zur Schaabe* nach der Jahrhundertwende besuchten, waren in der Mehrzahl Angestellte, Kleinunternehmer aber auch Intellektuelle. Auffallend viele Gäste kamen aus Berlin. Die Eintragungen im Fremdenbuch reichen von sachlichen Informationen, wie Name oder Aufenthaltsdauer, bis zum spontanen Jubelgedicht, wie das nachfolgende Beispiel anschaulich zeigt:

Glowe an dem Ostseestrand

Hatt ich bisher nicht gekannt,

Doch es ward mir warm empfohlen.

Und ich sag´s jetzt unverhohlen:

Wer der Großstadt will entfliehen

Soll getrost nach Glowe ziehn,

Mutter Wessel sorgt aufs Beste

Für Speis und Trank der lieben Gäste.

Und wer Ruhe braucht sehr viel,

Findet hier so viel er will.

(30.6.-17.7.24, Emil Schellbach u. Frau, aus Berlin-Neukölln)

Oftmals haben Gäste des Hauses immer wieder auf die in diesem Gedicht erwähnten Vorzüge Bezug genommen:

- Die Ruhe und relative Abgeschiedenheit des Ortes.

- Die unberührte Natur und die vortreffliche Betreuung durch die Gastleute,
  Familie Wessel.

Seitdem der Ort auch als Kurort von sich reden machte, reisten vermehrt Gäste an, die sich durch den Aufenthalt im relativ milden Seeklima an der Tromper
Wiek Linderung bei Erkrankungen der Atemwege erhofften.

Das *Gasthaus zur Schaabe* befindet sich wahrscheinlich seit der Gründung im
Besitz der Familie Wessel. 1899 ist im Adressbuch von Glowe als Besitzer eines
Gasthauses ein *Magnus Wessel* eingetragen. Einem Wessel gehörte das Gast-
haus auch 1913, ab 1937 ist ein Emil Wessel als Besitzer ausgewiesen. Das
Fremdenbuch des *Gasthauses zur Schaabe* wurde vor mehr als 100 Jahren, im
April 1911, durch Frau Sophie Wessel angelegt. Die ersten Eintragungen be-
schränkten sich auf Angaben zum Namen, die Adresse und den Berufsstand.
Bemerkenswert ist die Tatsache, dass in den folgenden Jahrzehnten zunehmend
umfangreichere Eintragungen vorgenommen wurden. Oftmals wurden sie auch
mit Zeichnungen oder Karikaturen verbunden. Es entsteht so der Eindruck, als

hätte das Mitteilungsbedürfnis der Gäste in den nachfolgenden Jahren zugenommen. Es ist nicht ausgeschlossen, dass sich hierin auch ein zunehmendes Bedürfnis nach persönlicher Selbstdarstellung widerspiegelt. Immerhin übergab man seine Gefühle und Gedanken beim Abschied mit dem Medium Fremdenbuch auch einer imaginären Öffentlichkeit. Denn man musste davon ausgehen, dass nachfolgende Gäste und die Nachwelt die eigene Eintragung zur Kenntnis nehmen würden. Dies war für nicht wenige Gäste wahrscheinlich auch ein Motiv für das Verfassen von längeren Textpassagen, Gedichten und Zeichnungen. Wie zu sehen sein wird, vermitteln diese Abschiedstexte dem Leser heute teilweise interessante Einblicke in das Seelenleben der Badegäste, die inzwischen aus allen Teilen Deutschlands kamen. Die letzte Eintragung ist vom Sommer 1944. Gegen Ende des Krieges und in der unmittelbaren Nachkriegszeit blieben dann die Gäste aus. Zeitzeugen berichten jedoch, dass das Gasthaus schon zu Beginn der 1950er Jahre wieder Pensionsgäste hatte. 1954, fast 10 Jahre nach dem Krieg, hatte Glowe 229 Fremdengäste (siehe Tabelle oben), ein Teil von ihnen dürfte im Gasthaus zur *Schaabe* übernachtet haben.

In den nachfolgenden Jahrzehnten dominierten in Glowe Massenunterkünfte für Kinder von Werktätigen aus sozialistischen Großbetrieben der DDR. Allerdings gab es auch in der DDR-Zeit die private Vermietung von Ferienunterkünften.

Bis in die 1970er Jahre hinein hat Elli Wessel das ehrwürdige Gasthaus geführt (einige Gäste erwähnen ein Fräulein Elli in ihren Eintragungen). Die *Schaabe* war auch unter den Bedingungen des „real existierenden Sozialismus" ein beliebter Treffpunkt der Glower Bürger und der Urlauber im Sommer. Hier konnte man über Dinge reden, die man öffentlich lieber nicht äußern wollte. Hier konnte man den Dorfpolizisten, den Dorfschullehrer und den Bürgermeister des Dorfes treffen. Auch sie waren in der Regel Stammgäste des Traditionshauses. Beliebt und langjährige Tradition hatten die Skatabende. Der Preisskat in der *Schaabe* war ein Höhepunkt des Dorflebens.

Elli Wessel selbst heiratete den Busunternehmer Kurt Wolter und nahm dessen Namen an. Mit Elli Wessel endete die Gasthausdynastie der Wessels in Glowe. Sie währte immerhin mehr als 100 Jahre. Die Wirtin sprach oft mit ihren Gästen in der niederdeutschen Mundart der Region, sie selbst war mit ihrem Dorf eng verbunden. „Wenn ich von einer Reise komme und den Bobbiner Berg erreicht habe und von dort den herrlichen Ausblick über die Ostsee und den Jasmunder Bodden genießen kann, so sagte sie einmal bei einer Bierrunde, dann fühle ich, jetzt bin ich wieder zu Hause.."

Abbildung 3 Titelseite des Fremdenbuches (in Leder eingebunden)

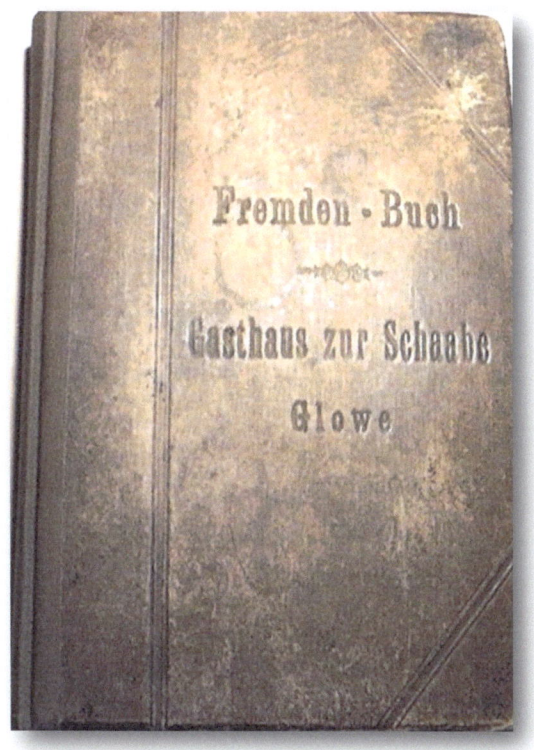

Abbildung 4 Die ersten Eintragungen
Schon im ersten Jahr trugen sich zahlreiche Gäste aus verschiedenen Teilen
Deutschlands ein. Darunter ein Kaufmann aus Stettin, ein Schriftsteller aus Berlin und ein Student der Medizin aus Greifswald.

Einige Auszüge:

Heinrich Klaus Eilenstett
bei Halberstadt

Karl Lange Göningen (Württ.)

Friedrich Gering, Bankbeamter, Berlin

W. Kuhnow, Bankbeamter
Berlin

F. Marquart, Kaufmann
Stettin

W. Jung, Berlin Charlottenburg

M. Eistermann, Postbeamter
Kiel

Walter Putzer, Organist,
Stralsund

Engelbert ...?, Schriftsteller,
Berlin-Steglitz

... Fischer, Student der Medizin
aus Greifswald

Heinr. Karten, Stralsund

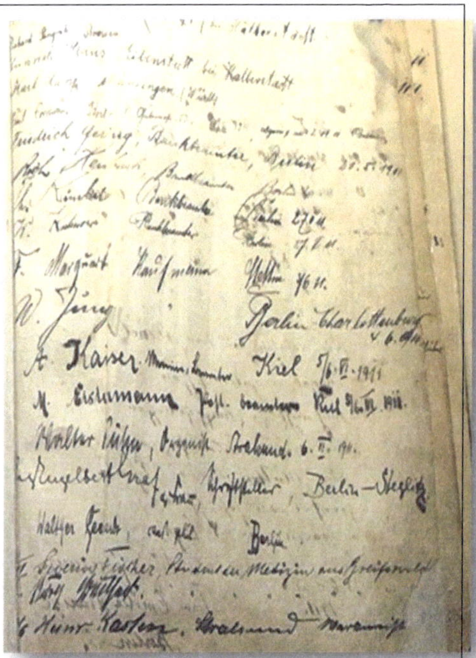

Abbildung 5 Zwei Seiten des Fremdenbuches aus dem Jahre 1937

Linke Seite: Ein Lob auf die reichliche Verpflegung und ein Dank an die Gastgeber (Familie Wessel).

Rechte Seite: Die Gäste drücken ihren Abschiedschmerz in Versen aus. Entstanden ist ein mehrstrophiges Gedicht. Man könnte es auch als „Epos auf die Schaabe" bezeichnen (nähere Ausführungen dazu unten).

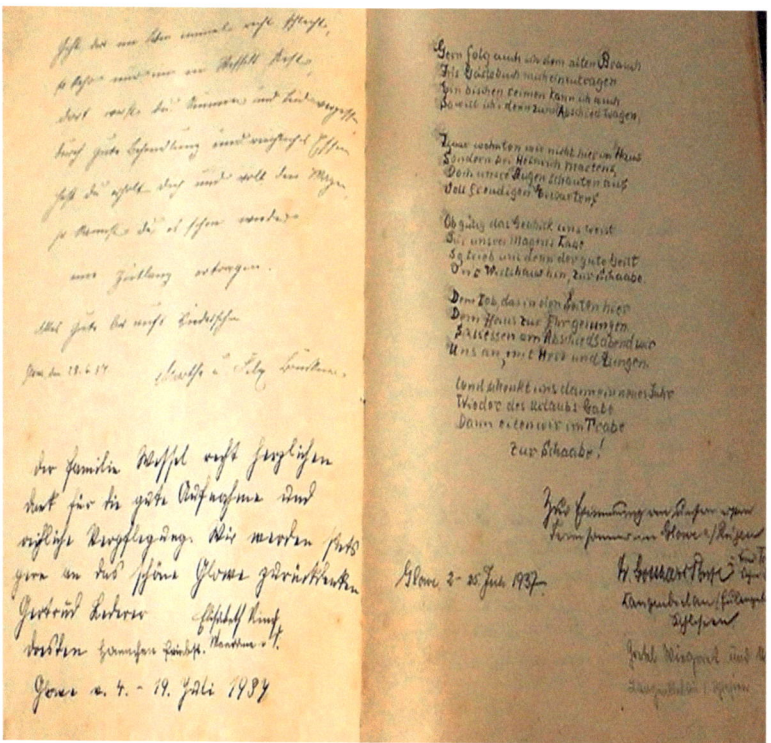

Der Familie Wessel recht herzlichen

Dank für die gute Aufnahme und

reichliche Verpflegung. Wir werden stets

gern an das schöne Glowe zurückdenken.

  Gertrud …   Glowe d. 4.-19. Juli 1937

Das Fremdenbuch des Gasthauses ist ein hervorragendes Zeugnis für die Entwicklung des Fremdenverkehrs in Glowe, ein Zeitdokument, das viele Geschichten erzählt. Es bietet vielfältige Einblicke darüber, woher die Fremden kamen, welchen Beruf sie ausführten und mit welchen Empfindungen sie das Dorf an der Tromper Wiek wieder verlassen haben. Aber es spiegelt auch indirekte Stellungnahmen zu den politischen Ereignissen der Zeit wider. Dies wird vor allem an den Eintragungen vor und während der Weltkriege deutlich. Dazu nachfolgend ein aus der Sicht des Autors treffendes Beispiel. Ähnlich wie bei den entsprechenden Eintragungen des Fremdenbuches am Kap Arkona wird auch in dem folgenden Text offen Partei ergriffen: Für den Krieg.

Abbildung 6: Eintrag Paul Larché und Frau Lotte, 2. August 1914

Paul Larché mit Frau Lotte
Nebst Kindern Lieselotte und Gretchen
vom 4. Juli bis 2. August 1914.
Unsere Sommerreise wurde leider durch die
Mobilisierung unterbrochen.
In ganz lieber Weise wurden wir durch
Frau Wessel verpflegt. Innigsten, herzlichsten
Dank hierfür.
Den lieben Glowern rufen wir ein „in Treue fest" zu.
Unseren Schirmherrn, den lieben Gott,
wollen wir alle bitten, daß alles zum
Heil des Vaterlandes wird und wir uns
im Sommer „1915" wiedersehen!
> *Friede im Lande*
> *Freundschaft unter uns.*
>> *Glowe d. 2 August 1914, P. Larché*

Für den heutigen Leser faszinierend ist die Authentizität dieser Eintragung: Sie wirkt schon in besonderer Weise dadurch, dass sie handschriftlich vorliegt. Der sachliche Inhalt und die Art und Weise der Darstellung vermitteln zahlreiche interessante Einblicke in die Gedankenwelt des Schreibers. Viele Deutsche, auch Intellektuelle, glaubten 1914, der Krieg werde von kurzer Dauer sein und er werde siegreich für Deutschland enden. Zeitzeugen haben immer wieder von der Kriegsbegeisterung großer Teile der deutschen Bevölkerung berichtet. Das zeigt sich auch in diesem Eintrag. Der Gast der *Schaabe* hofft, *„dass alles zum Guten des Vaterlandes wird* und *„wir uns im Sommer 1915 wiedersehen"*. Wir wissen nicht, ob der Schreiber im Sommer 1915 tatsächlich wieder in das *Gasthaus zur Schaabe* eingekehrt ist, denn eine entsprechende Eintragung ist nicht vorhanden. Aber wir wissen, dass der Krieg nicht *„zum Guten Deutschlands"* endete, und er 1915 noch lange nicht beendet war. Der Gast sieht sich veranlasst, *„den lieben Glowern"* auch ein politisches Diktum der damaligen Zeit zuzurufen: *„In Treue fest!"* Die Parole, die auch 25 Jahre später von den Nazis verwendet wurde, suggerierte unbedingten Gehorsam und Pflichtgefühl als ewige Tugenden. Die Anrufung des lieben Gottes *„als unseren Schirmherren"* gehörte zum täglichen Ritual der Gottesdienste an den Fronten des Krieges. *„Heil"* wird in diesen Jahren vor allem in den süddeutschen Regionen als Grußformel im Sinne von „etwas Gutes wünschen" verwendet. „Zum Guten" wendete sich das von Anfang an abenteuerliche und unsinnige Kriegsunternehmen des deutschen Kaiserreiches nicht. Auch hielt der vom Kaiser und der Reichsregierung gewünschte (Burg-) *Friede im Lande* [77] nicht allzu lange. Mit den enormen Verlusten an Menschen und Material an allen Fronten des Krieges wuchs das Konfliktpotenzial in Deutschland selbst.

Unweit des *Gasthauses zur Schaabe* befindet sich ein Kriegerdenkmal. Auf einem großen Granitfelsen ist eine Tafel angebracht mit den Namen jener Glower, die in diesem Krieg ihr Leben ließen. Eingemeißelt ist in großen Lettern unterhalb des sogenannten Balkenkreuzes eine Jahrhundertlüge: *„Ehre den Unbesiegten";*

---

[77] In seiner Thronrede vom 4. August 1914 formulierte der Deutsche Kaiser folgenden Satz: „Ich kenne keine Parteien mehr, ich kenne nur noch Deutsche". Diese Losung galt als Signal für die sog. 'Burgfriedenspolitik', die angesichts der Bedrohung von außen(so die offizielle Lesart) auf die Befriedung von inneren Konflikten zielte und Kriegsgegner mundtot machen sollte.

denn Deutschland hat ja diesen Krieg verloren. Diese Aussage muss somit dem politischen Diskurs der Nachkriegszeit zugeordnet werden. Konservative und restaurative politische Kräfte haben immer wieder behauptet, dass der Krieg deshalb nicht gewonnen werden konnte, weil „innere Kräfte" der kaiserlichen Armee in den Rücken gefallen waren. In deutsche Geschichtsbücher fand diese Deutung als „Dolchstoßlegende" ihren Eingang. Ein prominenter Vertreter dieser These war der spätere Reichspräsident von Hindenburg. Er selbst war im 1. Weltkrieg einer der maßgeblichen Heerführer gewesen. Auch das Kriegerdenkmal von Glowe dokumentiert diese Geschichtslüge nun schon fast 100 Jahre. Wie man an diesem Beispiel sehen kann, hängt es wesentlich von dem Wissen ab, das ein heutiger Leser besitzt, um diese im Text „verdeckten" Informationen zu erschließen. Die Eintragungen von Paul Larché und Frau Lotte vom 2. August 1914 weisen in mehrfacher Hinsicht Parallelen zu jenen Eintragungen auf, die Offiziere der kaiserlichen Armee 1870 am Kap Arkona vorgenommen haben. Dazu passt auch der folgende Eintrag

Abbildung 7 Eintrag W. Götze, 24.07.1919

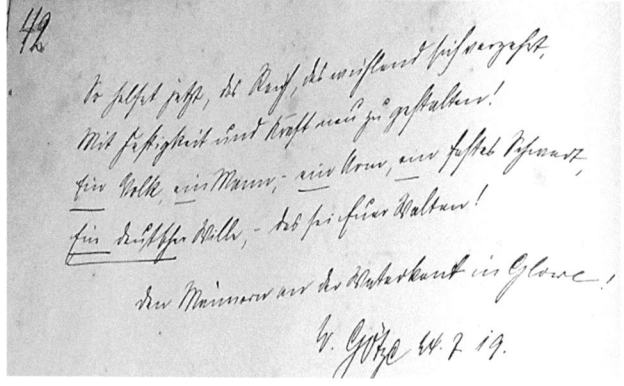

So helft jetzt, das Reich, das wütend tief vergeht

Mit Festigkeit und Kraft neu zu gestalten!

für Volk, ein Mann, ein Arm, ein festes Schwert,

ein deutscher Wille, - das sei für Walter!

die Männer an der Waterkant in Glowe!

Der Text beinhaltet trotzige, markige Sprüche und Deutschtümelei nach dem verlorenen Krieg und dem Versailler Vertrag. In Deutschland konstituiert sich 1919 nach den Wahlen (19.01.1919) zur Nationalversammlung die Weimarer Republik. Die Männer von der Waterkant geben sich als Anhänger der Monarchie zu erkennen. Der Text ist wahrscheinlich als Widmung für einen Kameraden gedacht (Walter). Besonders beachtenswert ist auch die folgende Eintragung.

Abbildung 8 Eintragung Familie … und Frau Margarete, 23. August 1942

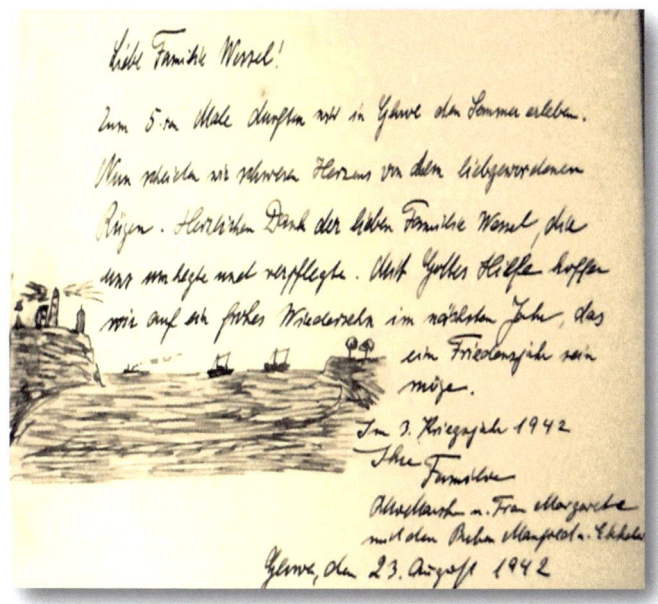

Liebe Familie Wessel!

Zum 5.ten Male durften wir in Glowe den Sommer erleben.

Nun scheiden wir schweren Herzens von dem liebgewordenen

Rügen. Herzlichen Dank der lieben Familie Wessel, die

uns umhegte und verpflegte. Mit Gottes Hilfe hoffen

wir auf ein frohes Wiedersehen im nächsten Jahr, das

ein Friedensjahr sein möge.

Im 3. Kriegsjahr 1942 …

…

Glowe, den 23. August 1942

Dass diese Familie mit ihrer Eintragung in das Fremdenbuch des Gasthauses ihren Wunsch nach Frieden öffentlich machte und somit nicht den von der Nazipropaganda verbreiteten unbedingten Glauben an den sog. „Endsieg" ausdrückte, darf angesichts der damaligen politischen Situation durchaus als ungewöhnlich und mutig angesehen werden. Im Winter 1943 rief das Naziregime in Deutschland (18.2.1943) den sogenannten „totalen Krieg" aus.

Die Klientel des *Gasthauses zur Schaabe* setzte sich, wie schon erwähnt, vor allem aus Angestellten, Beamten, Kleinunternehmern und Intellektuellen (Studenten) zusammen. Auffallend viele Besucher kamen aus Berlin. Aber auch aus anderen Landesteilen reisten Urlauber an. Mitte der 1930er Jahre hatte das Dorf als Kurort von sich reden gemacht und warb mit dem heilenden Klima und dem Badestrand.

Viele Glowe-Besucher haben ihre „Spuren" im Fremdenbuch hinterlassen. Das Fremdenbuch wurde so zu einer Chronik und einem Teil des kulturellen Gedächtnisses des Dorfes. Die Idylle von Glowe vermochte es jedoch nicht, bei allen Gästen die Alltagssorgen vollständig auszublenden. Und so verbanden manche Besucher ihre Hoffnung auf ein Wiedersehen „im nächsten Jahr" auch mit dem Wunsch nach Frieden und Gesundheit.

Sprachliche Bilder und kleine Dichtungen sollten vor allem die positiven Gefühle, die die Gäste mit dem Gasthaus und dem Ort verbanden, zum Ausdruck bringen. Auch fehlt es nicht an farbigen Illustrationen und Zeichnungen, wie nachfolgend gezeigt werden wird. Wie an dem in der Abbildung 9 wiedergegebenen Text unschwer zu erkennen ist, entwickelte dieser Gast des Hauses eine bemerkenswert starke emotionale Bindung an Glowe. Um diese Gefühle auszudrücken, bezieht er sich in seinem Abschiedstext pathetisch auf alte, zeitlose Wertvorstellungen wie *Glaube*, *Treue* und *Freundschaft*. Derartige Bezüge wird der Leser auch direkt oder indirekt in anderen Eintragungen finden.

Abbildung 9 Glowe – Glaube

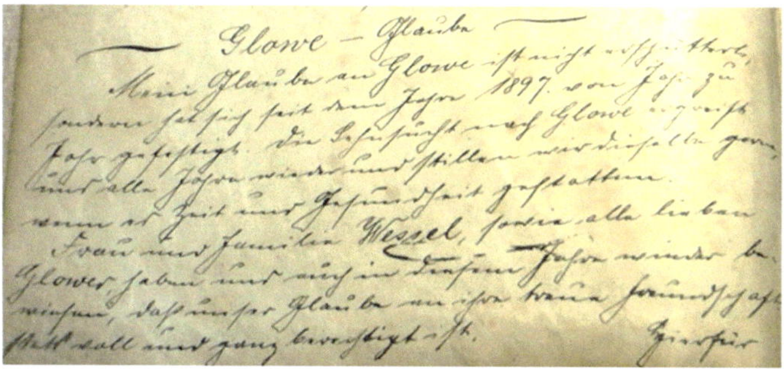

Glowe – Glaube

Mein Glaube an Glowe ist nicht erschüttert,

sondern hat sich seit dem Jahre 1897 von Jahr

zu Jahr gefestigt. Die Sehnsucht nach Glowe ergreift

uns alle Jahre wieder und stillen wir dieselbe gern,

wenn es Zeit und Gesundheit gestatten.

Frau und Familie Wessel, sowie alle lieben

Glower, haben uns auch in diesem Jahr wieder be-

wiesen, dass unser Glaube an ihre treue Freundschaft

stets voll und ganz berechtigt ist.

Wie diese Eintragung (wahrscheinlich Sommer 1911) zeigt, gewann die *Schaabe* in den folgenden Jahren einen treuen Kundenstamm. Dazu gehört auch dieser Gast, der seit dem Jahre 1897 von Jahr zu Jahr im Gasthaus Quartier nahm.

Nachfolgend soll eine Auswahl von solchen „Abschiedstexten" näher vorgestellt werden. Auch in diesem Fall handelt es sich um eine Auswahl jener Eintragungen, durch die der Leser eine Vorstellung davon erhält, mit welchen Gedanken und Gefühlen sich frühere Besucher aus allen Teilen des Landes vom Ferienort an der Tromper Wiek verabschiedet haben. Alle damaligen Gäste trugen sich in das Fremdenbuch mit Texten ein, die mehr oder weniger direkt den Abschied zum Gegenstand hatten. Diese Texte zeugen davon, wie das Abschiednehmen individuell unterschiedlich erlebt worden ist. Der Begriff „Abschiedstext" schien dem Autor gut geeignet, um die wesentliche kommunikative Funktion dieser Texte zu charakterisieren.

Der Abschiedstopos ist in allen Kulturen verankert. Zu den Ritualen in unserem Kulturraum gehört der emotionale Ausdruck der inneren Bewegtheit. Man dokumentiert z.b. einem guten Gastgeber gegenüber, dass einem die Trennung von ihm nicht leicht fällt. Dies ist zugleich ein Ausdruck von Wertschätzung, die oft auch auf den Aufenthaltsort übertragen wird. Wie an den unten aufgeführten Texten zu sehen sein wird, ist dies recht häufig der Fall. Nachfolgend wird eine entsprechende Auswahl von Abschiedstexten aus dem Fremdenbuch vorgestellt und kommentiert. Sie sind nach Gestaltungsmerkmalen geordnet.

Zunächst werden die poetischen Kreationen vorgestellt: Umdichtungen sowie eigene Schöpfungen. Es folgen Illustrationen und Fotos. Abschließend werden Prosatexte dargestellt. Gemeinsame Merkmale dieser Texte sind:

1. Sie werden in der Regel vor der Abreise verfasst, das heißt, es haftet ihnen eine gewisses Maß an Spontanität an.

2. Die Texte sind oft relativ stark emotional gefärbt. Das äußert sich u.a. in der Verwendung expressiver Adjektive im Rahmen nominaler Konstruktionen (schöne Zeit, dankbaren Herzens, unvergessliche Zeit usw.).

Der Inhalt der Texte besteht häufig aus drei Strukturelementen:

1. Der gefühlsbetonten Schilderung des Aufenthalts.

2. Der Danksagung an die Gastgeber, was einer indirekten Empfehlung für nachfolgende Gäste gleichkommt.

3. Dem Versprechen, wiederzukommen („So Gott will").

Unschwer erkennbar ist in den nachfolgenden Versen der Bezug zur biblischen Schöpfungsgeschichte. Diese Urlauberin ist von der Tromper Wiek so beeindruckt, dass ihr diese Assoziationen in den Sinn kommen.

Es fahren zwei Menschen vom Badenland vergnügt zur Erholung nach dem Ostseestrand u. kamen nach vielen Hindernissen in Glowe an mit müden Füssen.

Welch bittere Enttäuschung mußten sie erfahren, daß in ganz Glowe keine Quartiere mehr waren, doch endlich nach langem entmutigendem Suchen fanden sie fruchtbare Aufnahme in Wessels Stuben. Schön war die Zeit am Glower Strand, noch schöner das wuchtige Meer von des Schöpfers Hand, doch nur zu früh war die Zeit entschwunden, nun kamen wieder die Scheidestunden.

Wir scheiden von hier mit den besten Wünschen, uns im nächsten Jahr wieder einzufinden.

Wir danken für die Unterkunft und gutes Essen, Gott segne Glowe u. besonders „Haus Wessel."

    Glowe den 22. Juli 1935

    Gregor Rollenhofen und Frau aus Bruchsal in Baden.

Mit den weiteren Eintragungen und den Kommentaren soll der Leser nun mit auf eine Reise genommen werden. Eine Reise in die Gedanken- und Gefühlswelt der Schreiberinnen und Schreiber eines vergangenen Jahrhunderts. Die Eintragungen spiegeln Befindlichkeiten und den Zeitgeist von Gästen wider, die das Gasthaus in Glowe zu verschiedenen Zeiten besucht haben. Und der Leser ist aufgefordert, sich mit diesen Texten zu befassen und selbst Deutungsversuche zu unternehmen. Die Kommentare des Autors sind deshalb bewusst knapp gehalten, sie beschränken sich in der Regel auf wichtige historische Ereignisse, die evtl. Einfluss auf die Vorstellungswelt des Schreibers gehabt haben könnten.

Die nachfolgenden Beispiele zeigen, dass die Schreiber offenbar von der Situation des Abschieds so ergriffen sind, dass sie zu Poeten werden. Einige Gäste nutzen dafür vorhandene Vorlagen und dichten diese einfach um oder zitieren aus früheren Eintragungen. Andere verwenden literarische Textmuster (Textgattungen) und füllen diese mit eigenen Gedanken. Manche Gäste bedienen sich jedoch auch einfach bei bekannten Meistern. Dafür sollen nachfolgend vier Beispiele vorgestellt werden

5.1 Umdichtungen und Zitate

Abbildung 10
Eintrag Pastor Türke, 11.Vi.-2.VII.14
Die Eintragung ist in der sog. Sütterlin Handschrift verfasst. [78]

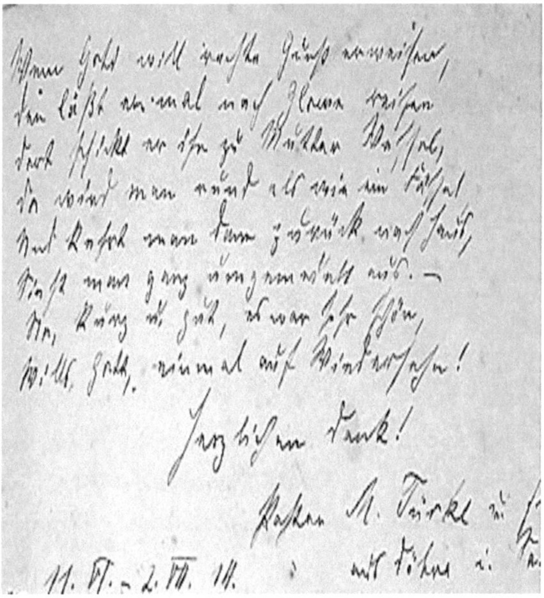

---

[78] Die Sütterlinhandschrift wurde von 1915 bis 1941 in den deutschen Schulen unterrichtet und ist nach dem Grafiker Ludwig Sütterlin (1865-1917) benannt. Sie ist aber auch als sog. „deutsche Handschrift" bekannt. Ab 1940 wurde dann wieder die lateinische Handschrift als Standardschrift in den deutschen Schulen gelehrt.

Der Text lautet:

Wem Gott will rechte Gunst erweisen,

den läßt er mal nach Glowe reisen

dort schickt man ihn zu Mutter Wessel,

da wird man rund als wie ein Fässel (?)

Und kehrt man dann zurück nach Haus,

sieht man ganz umgemodelt (?) aus. –

Na, kurz u. gut, es war wieder schön,

Wills Gott, einmal auf Wiedersehen

       Herzlichen Dank

       Pastor M. Türke

    11.VI.-2.VII.14 ...

Dem aufmerksamen Leser wird nicht entgangen sein, dass es sich bei der ersten und zweiten Zeile um den Beginn eines altbekannten deutschen Gedichts handelt. Der Schreiber, ein Pastor Türke, kam offensichtlich unter dem Eindruck seiner Urlaubswochen in Glowe dieses romantische Gedicht von Eichendorff in den Sinn. Die erste Zeile ist der ersten Strophe von „Der Frohe Wandersmann" von Joseph Freiherr von Eichendorff (1788-1857) entnommen. Die Vertonung erfolgte durch Friedrich Theodor Fröhlich (1803-1879). Sie wurde in den Folgejahren fester Bestandteil des Liederkanons in deutschen Schulen.

Im Original lautet die erste Strophe:

„Wem Gott will rechte Gunst erweisen,

Den schickt er in die weite Welt,

Dem will er seine Wunder weisen

In Berg und Wald und Strom und Feld."

Ohne Zweifel war diese Umdichtung als ein Lob für den Ort und seine naturbelassene Umgebung zu verstehen. Und es ist nicht ausgeschlossen, dass Pfarrer Türke und seine Begleitung diese „Hymne" auf Glowe nicht auch am Ab-

schiedsabend gesungen haben … Aus dem Text können wir das nicht erschließen. Aber der Leser wird unschwer erkennen, dass das Wissen um den historischen Hintergrund bei der Entschlüsselung auch dieser Eintragung hilfreich ist.

Abbildung 11 Eintrag Emil Ruppe, 7.- 27.9.1926

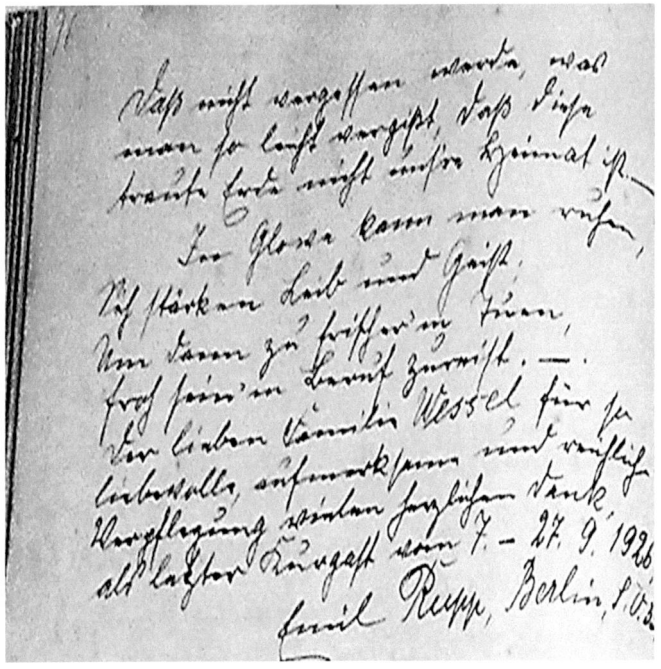

Die erste Zeile der Eintragung hat der Schreiber dem Neujahrslied „Das Jahr
geht still zu Ende" der Eleonore Fürstin von Reuß (1835-1903) entnommen. Es
wurde noch im 19. Jahrhundert in kirchliche Gesangbücher aufgenommen. Die
Anspielung auf diesen Text schien dem Gast offensichtlich geeignet, seine Abschiedsgefühle entsprechend seinen ganz individuellen Empfindungen 'angemes-
sen' zum Ausdruck zu bringen. Im Original lautet der Text in der Strophe drei:

„Daß nicht vergessen werde, was man so gern vergisst:
daß diese arme Erde nicht unsre Heimat ist.
Es hat der Herr uns allen, die wir auf ihn getauft, in Zions goldnen Hallen ein Hei-
matrecht erkauft."

Die umgedichtete Eintragung des Gastes aus dem Jahre 1926 lautet:

Daß nicht vergessen werde, was
man so leicht vergißt, dass diese
traute Erde nicht unsere Heimat ist.
    In Glowe kann man ruhen,
Sich stärken Leib und Geist,
Um dann zu frischer'm Tuen
froh seinem Beruf zureist. –
Der lieben Familie Wessel für die
liebevolle, aufmerksame und reichliche
Verpflegung vielen herzlichen Dank,
als letzter Kurgast vom 7.-27.9.1926

                          Emil Ruppe, Berlin

Die Wertschätzung für den Urlaubsort kommt u.a. darin zum Ausdruck, dass
der Schreiber die Fügung des Originals „arme Erde" in „traute Erde" umwan-
delt. Im Gegensatz zu „arm" vermittelt „traut" ein Gefühl der Geborgenheit. So
ist im deutschen Sprachraum „das traute Heim" seit Jahrhunderten ein Symbol
für Heimatverbundenheit, Stabilität und Lebensbejahung. Es hat bei uns eine
ähnliche Bedeutung wie bei den Engländern die Fügung „my home is my castle."

Abbildung 12 Eintrag von Erich Fischer, 1. Juni 1912

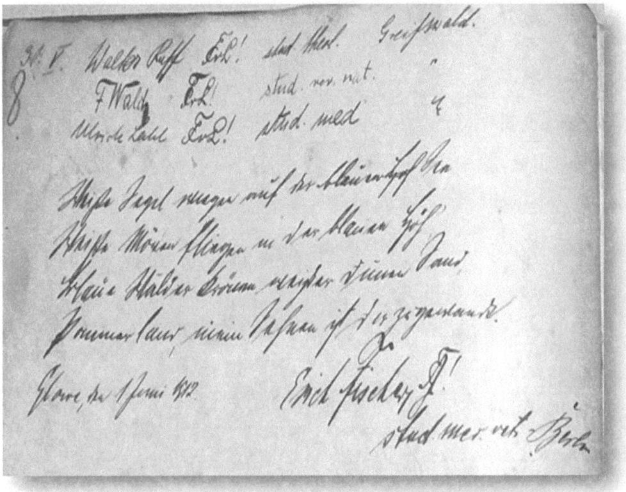

Weiße Segel wiegen auf der blauen See
Weiße Möwen fliegen in der blauen Höh`
Blaue Wälder krönen weißen Dünensand,
Pommerland, mein Sehnen ist dir zugewandt.

Die Eintragung eines Studenten der Medizin aus Berlin ist von schwärmerischen Gefühlen geprägt. Auch er verabschiedet sich mit einem Gedicht bzw. Liedtext von seinem Urlaubsort. Bei näherer Betrachtung erkennt man auch hier eine Umdichtung. Ausgangspunkt dieser Eintragung ist eine Strophe des sog. Pommernliedes. Verfasser dieses Liedes ist ein Gustav Adolf Pompe. Im Druck erschien das Lied 1853, die Melodie dazu stammt von Karl Groos (1789-1861). Im Original lautet der Text in der 2. Strophe:

„*Weiße Segel fliegen auf der blauen See,*
Weiße Möwen wiegen sich in blauer Höh,
blaue Wälder krönen weißer Dünen Sand;

Pommerland, mein Sehnen ist dir zugewandt."

Es handelt sich also um marginale Eingriffe in den Originaltext, die der Student aus Berlin vorgenommen hat.

Abbildung 13

Eintrag von Franz Bauer und Frau Else aus Bad Lausick (Sachsen), Charlotte Lehmann und Grete Stelzmann aus Leipzig, Hans Wolf aus Plauen i. Voigtlande u.a., 21.7.-13.8.1924

Diese Gäste hinterließen zum Abschied folgenden aufschlussreichen Bild-Text:

Was kann der Mensch im Leben mehr erringen,

Als dass sich Gott-Natur ihm offenbare?

Unter dem Zeichen dieses Wortes standen drei glückliche

Ferienwochen. Wir scheiden mit Wehmut und voll

Dank an Mutter Wessel und Fräulein Elli, die uns die

frohen Tage denkbar angenehm machten!

Franz Bauer und Frau Else aus Bad Lausick (Sachsen)

Charlotte Lehmann und Grete Stelzmann aus Leipzig

Hans Wolf aus Plauen im Voigtlande

21.7. - 19.8.1924

Diese Besucher sehen in der naturwüchsigen Umgebung des Badeortes pathetisch eine „Offenbarung". Das hier beschriebene Gott-Natur-Verhältnis ist vor allem in der Weltanschauung des Pantheismus[79] zu finden. Die intertextuellen Bezüge (damit sind Bezüge zu anderen Texten gemeint) sind auch hier offensichtlich. Sie schienen den Schreibern, so kann man annehmen, gut geeignet zu sein, ihre individuellen Abschiedsgefühle zum Ausdruck zu bringen. Die rhetorische Frage macht deutlich, welchen hohen Wert sie ihrem Aufenthalt beigemessen haben. Die gezeichnete Kirche und der Inhalt des Schrifttextes ergänzen sich hinsichtlich ihres Sinnbezuges, so dass man von einer komplementären Text-Bild-Relation sprechen kann.[80]

Auch diese Verfasser bedienten sich der Worte eines berühmten deutschen Dichters. Die auf Glowe bezogenen Zeilen stammen aus einem Gedicht von

---

[79] Der Pantheismus bezeichnet eine philosophische Richtung, die unterstellt, dass Gott und Natur eins seien. Prominenter Vertreter dieser Position war u.a. Johann Wolfgang von Goethe.

[80] Text-Bildkombinationen zeichnen sich durch das Zusammenwirken verschiedener semiotischer Systeme aus. Im vorliegenden Fall wirken z.B. Bildzeichen (ikonische Zeichen) mit sprachlichen Zeichen bei der Sinnkonstituierung des Gesamttextes zusammen.

Johann Wolfgang von Goethe aus dem Jahre 1826. Er hatte es seinem langjährigen Freund Friedrich Schiller gewidmet („Bei Betrachtung von Schillers Schädel").[81] Im Original lautet die Strophe, der das Zitat entnommen wurde:

„Was kann der Mensch im Leben mehr gewinnen,

Als daß sich Gott Natur ihm offenbare?

Wie sie das Feste läßt zu Geist verrinnen,

Wie sie das Geisterzeugte fest bewahre."

Die Schreiber haben wiederum nur minimale Änderungen am Original vorgenommen. Sie ersetzten lediglich das Verb „gewinnen" durch „erringen". Der Eintrag spricht für eine entsprechende humanistische Bildung der Textautoren. Und auch in diesem Fall inspirierte offensichtlich die Landschaft an der Tromper Wiek die Besucher aus Sachsen und dem Vogtland zu tiefsinnigen Reflexionen.

5.2 Gelegenheitsdichtung

Gäste, die aus Anlass ihres Abschiedes von ihrem Urlaubsort kleine Gedichte bzw. Verse verfassten, stehen bewusst oder unbewusst in einer bestimmten kulturellen Traditionslinie. So sind u.a. aus dem 18. Jahrhundert Texte aus Pommern überliefert, die zu bestimmten Anlässen, wie Hochzeit oder Beerdigung, gedichtet worden sind.[82] In der Fachliteratur hat sich dafür die Bezeichnung „Gelegenheitsdichtung" eingebürgert. In diesem Sinne kann man auch bei den nachfolgenden Eintragungen von Gelegenheitsdichtung sprechen. Eine häufig anzutreffende Reimform ist der sog. „Schüttelreim", dabei reimen sich gleichlautende bzw. ähnlich lautende Vokal-Konsonantenverbindungen, z.B.

---

[81] Goethe verfasste das Gedicht aus Anlass der Umbettung der Gebeine Schillers 1826. Ebenso bildete der Text den Abschluss des Bildungsromans „Wilhelm Meisters Wanderjahre" (1829).

[82] Vgl. dazu Monika Schneikart, Alltagskultur im Spiegel alter Drucke, Katalog zur Ausstellung Greifswald 2000, S. 27-28.

Brauch-auch, eintragen-wagen, Last-Rast, Labe-Schaabe usw. Schüttelreime entstehen häufig aus der Situation und in geselliger Runde, wie etwa an einem Abend vor dem Abschied vom Urlaubsort.

Abbildung 14 Name nicht lesbar, 2.-25. Juli 1937

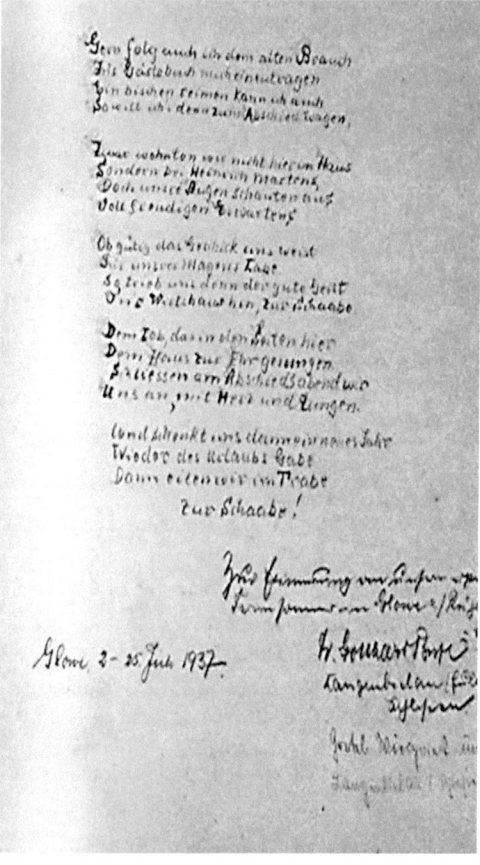

Diese Gäste trugen sich mit einer Ballade in das Fremdenbuch ein:

Gern folge ich dem alten Brauch
Ins Gästebuch mich einzutragen.
Ein bischen reimen kann ich auch
So will ich`s denn zum Abschied wagen.

Zwar wohnten wir nicht in diesem Haus,
Sondern bei Heinrich Martens.
Doch unsere Augen schauten aus
voll freudigen Erwartens.

Ob gütig das Geschick uns weist,
Für unseres Magens Labe
So trieb uns denn der gute Geist
Ins Wirtshaus hin, zur Schaabe.

Dem Lob, das in den Seiten hier
Dem Haus zur Ehr gesungen
Schliessen am Abschiedsabend wir
Uns an mit Herz und Lungen.

Und schenkt uns dann ein neues Jahr
Wieder des Urlaubs Gabe
Dann eilen wir im Trabe zur Schaabe!

Zur Erinnerung an unseren Feriensommer
Glowe 2.-25. Juli 1937

Abbildung 15 Eintrag Astrid Suhr u. Anne-Marie Suhr, 1-2. Juni 1912

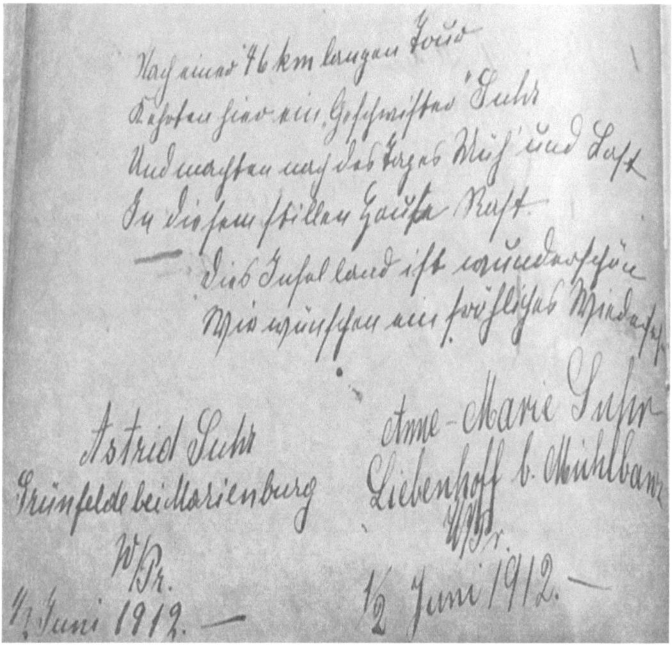

Nach einer 46 km langen Tour…(?)

…

Und machten nach des Tages Müh und Last

In diesem stillen Hause Rast.

Dies Inselland ist wunderschön.

Wir wünschen ein fröhliches Wiederseh`n.

Die beiden Wanderinnen aus dem damaligen Westpreußen sind wohl durch Zufall Gäste der *Schaabe* geworden. Dennoch hat ihnen der Aufenthalt in dem

„stillen Hause" gefallen. Es ist anzunehmen, dass sie auch die nähere Umgebung erkundet haben.

Abbildung 16
Eintrag Irma Bernhardt und Herta Schröder, Berlin, 22. Juni-5. Juli 1913

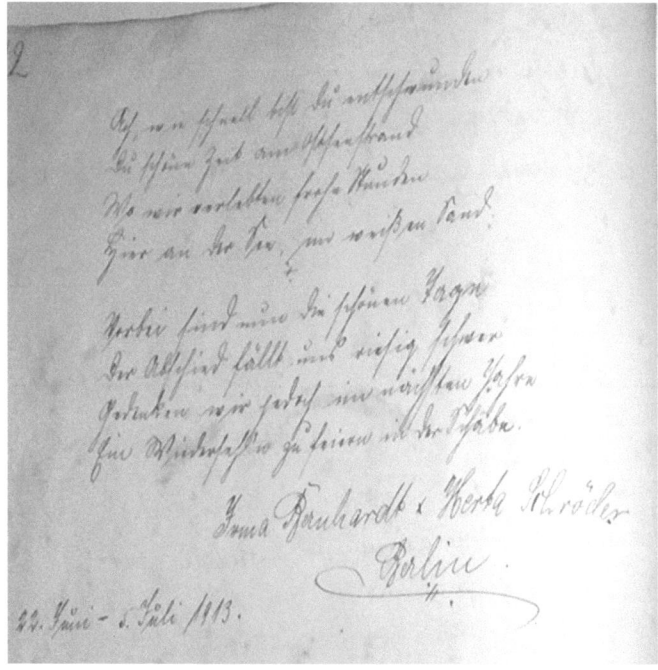

Die Damen aus Berlin nehmen mit Wehmut Abschied.

Oh, wie schnell ist sie entschwunden,

Die schöne Zeit am Ostseestrand.

Wo wir verlebten frohe Stunden

Hier an der See, im weißen Sand.

Vorbei sind nun die schönen Tage.

Der Abschied fällt uns riesig schwer.

Gedenken wir schon im nächsten Jahre

ein Wiedersehen zu feiern in der Schaabe.

Irma Bernhardt und Herta Schröder, Berlin

22. Juni - 5. Juli 1913.

Abbildung 17 Eintrag Familie E. Schaack, 30. Juli 1913

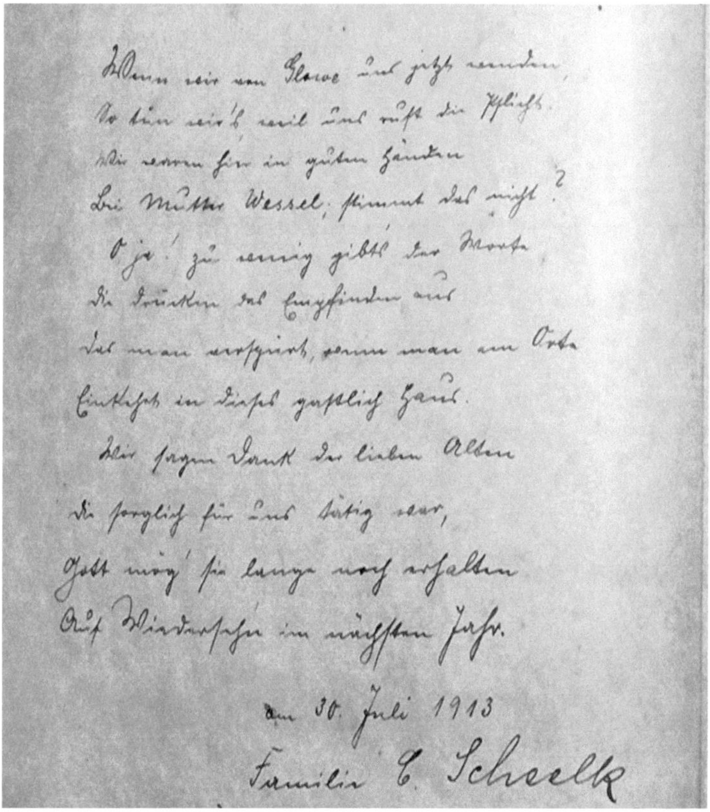

Auf ein Wiedersehen im nächsten Jahr ... wieder ein Abschied in Versen.

Wenn wir von Glowe uns jetzt wenden.

So tun wir`s, weil uns ruft die Pflicht.

Wir waren hier in guten Händen.

Bei Mutter Wessel, stimmt das nicht?

Oh, ja zu wenig gibt`s in Worten

Die drücken das Empfinden aus ...

Das man empfindet (?), wenn man am Orte einkehrt in dieses gastliche Haus.

Wir sagen Dank der lieben alten

Die fürsorglich für uns tätig war.

Gott möge sie lange noch erhalten, auf Wiedersehen im nächsten Jahr.

Am 30. Juli 1913

Familie E. Schaack

Abbildung 18
Eintrag von Hermann, Else und Armin (?) Bauer, 14. August 1912

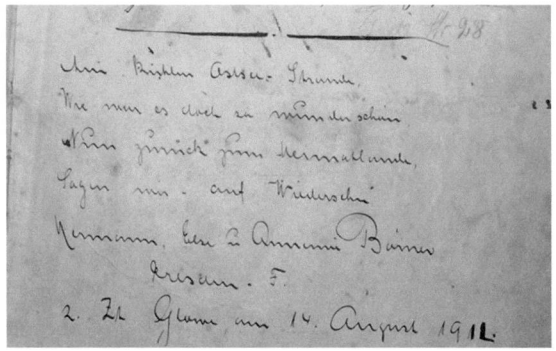

Am kühlen Ostseestrande,

Wie war es doch zu wunderschön (?)

Nun zurück zum Heimatlande

Sagen wir - auf Wiedersehen.

z. Zt. Glowe am 14. August 1912

Abbildung 19 Eintrag von Georg Mohrin Berlin ... & Frau, 21.08.1911

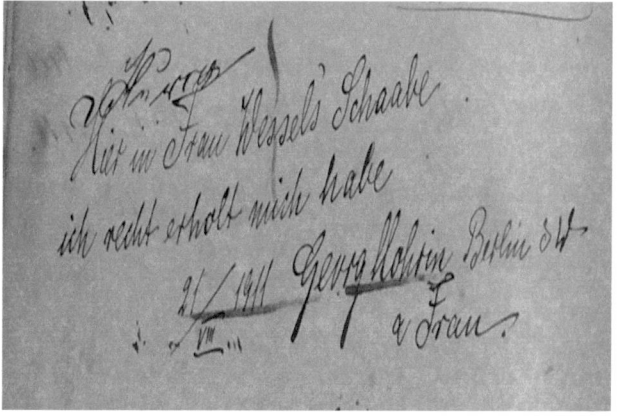

„Hier in Frau Wessels Schaabe

Ich recht erholt mich habe."

21. VIII, 1911

Abbildung 20 Eintrag Paul Seitenschläger und Frau (?), 26.6.1913

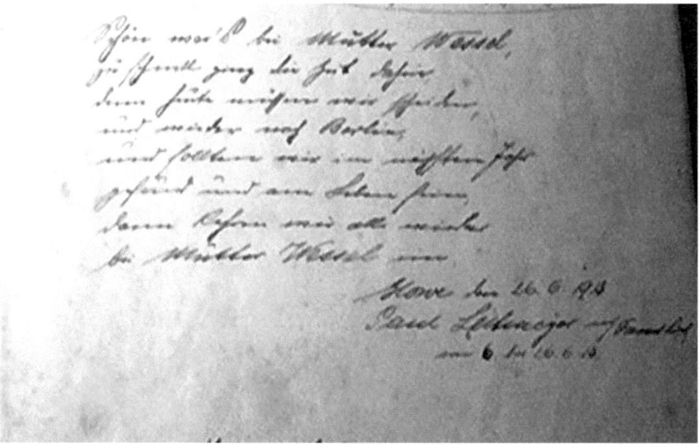

Schön war`s bei Mutter Wessel,

zu schnelle ging die Zeit dahin,

in Kürze müssen wir nun weichen,

und müssen nach Berlin

und sollten wir im nächsten Jahr

gesund und am Leben sein,

 dann kehren wir alle wieder

bei Mutter Wessel ein.

    Glowe, vom 6.- 26.6. 1913

Abbildung 21 Eintrag Carl Stephan und Frau, 29. Juni-7. Juli 1914

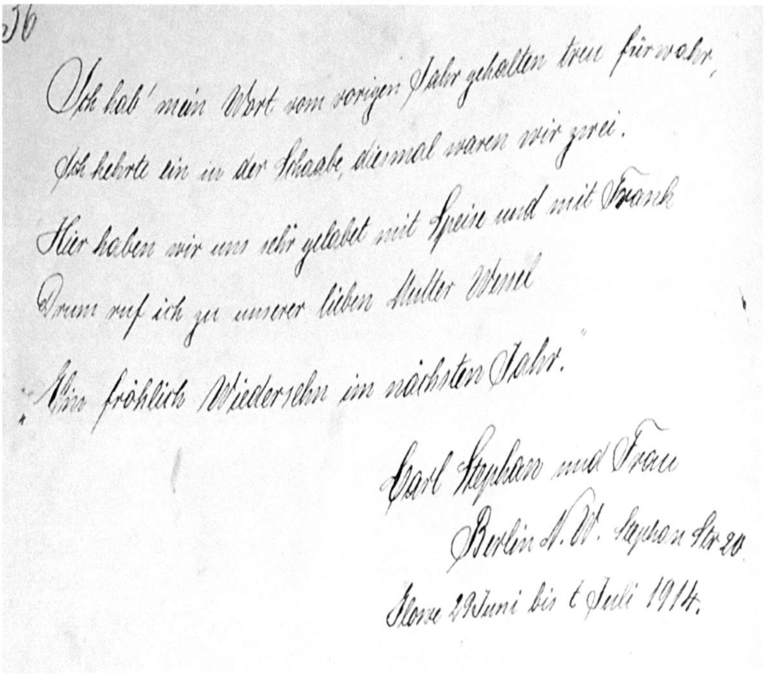

Ich hab`mein Wort vom vorigen Jahr gehalten treu fürwahr,
Ich kehrte ein in der Schaabe, diesmal waren wir zwei.
Hier haben wir uns sehr gelabet mit Speis und mit Trank.
Drum rufe ich zu unserer lieben Mutter Wessel
Ein fröhlich Wiedersehn im nächsten Jahr.

Carl Stephan und Frau
Berlin. N.W. ...
Glowe 2. Juni bis 7. Juli 1914.

Diese Gäste haben Wort gehalten und sind wiedergekommen … und wollten im nächsten Jahr wiederum nach Glowe reisen. Wahrscheinlich ist daraus nichts geworden, nur einen Monat nach ihrer Heimreise begann bekanntlich der 1. Weltkrieg.

Abbildung 22
Eintrag Franziska Holtzmann,Hedwig Boltzmann, Marie Limbach, Mathilde Prochnow, Dorotha Scheinde, Lottchen Moldenhauer, 30. Juli-13. August 1918

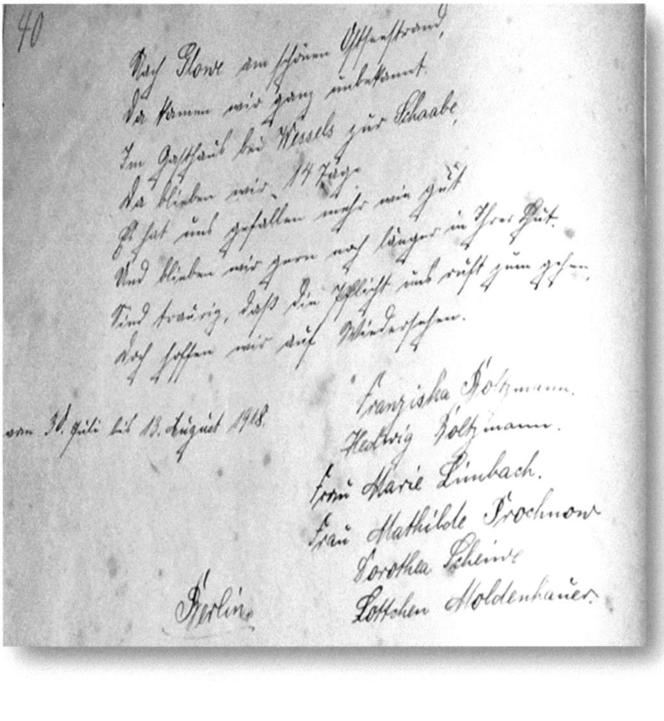

Nach Glowe am schönen Ostseestrand,

da kamen wir ganz unbekannt.

Im Gasthaus bei Wessels zur Schaabe,

da blieben wir 14 Tage.

Es hat uns gefallen mehr wie gut.

Und blieben wir gern noch länger in Ihrer Hut.

Sind traurig, dass die Pflicht uns ruft zum Gehen,

doch hoffen wir auf Wiedersehen.

Franziska Holtzmann, Hedwig Holtzmann,

Frau Marie Limbach, Frau Mathilde Prochnow,

Dorothea Scheinde, Lottchen Moldenhauer. Berlin

    Berlin   *30. Juli-13. August 1918*

Die Damengesellschaft kommt kurz vor Ende des ersten Weltkrieges nach Glowe. Zwei Monate später, am 11. November 1918, unterzeichnet das Deutsche Kaiserreich unter dem Druck der Alliierten Armeen einen Waffenstillstand, der den Krieg vorerst beendete. Dass die sechs Damen ohne männliche Begleitung reisten, könnte damit zusammenhängen, dass die Männer noch im Kriege waren.

Abbildung 23
Eintrag Theodor Schiermeyer, Werner Schiermeyer, 27. Juli 1922

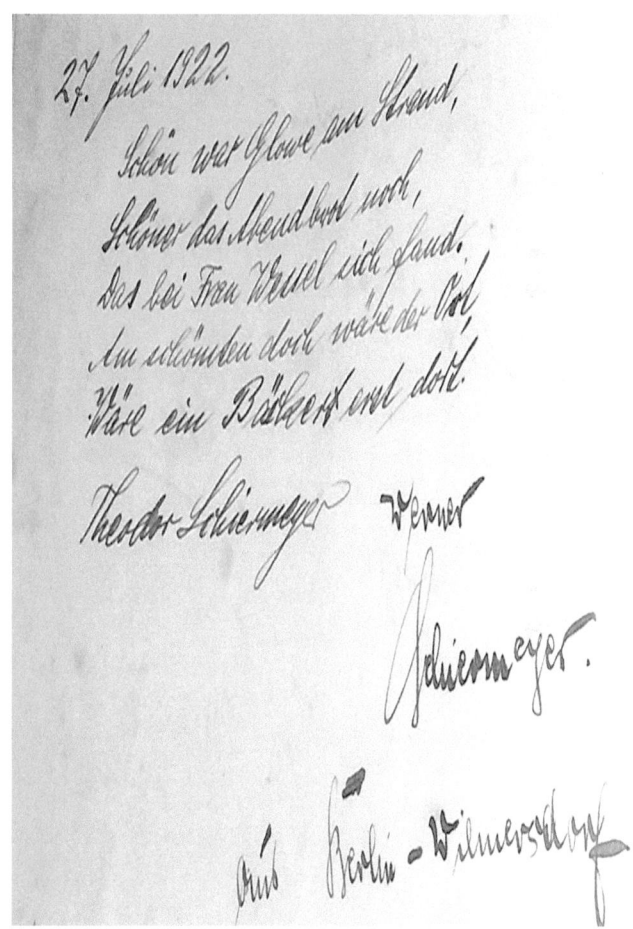

27. Juli 1922

> *Schön war Glowe am Strand,*
>
> *Schöner das Abendbrot noch,*
>
> *Das bei Frau Wessel ich fand.*
>
> *Am schönsten doch wäre der Ort*
>
> *Wäre ein Bäcker dort.*
>
> *Theodor Schiermeyer*
>
> *aus Berlin –Wilmersdor*

Es ist leider nicht bekannt, wieviel ein Aufenthalt in der Schaabe zu dieser Zeit gekostet hat. Die Schiermeyers besuchten Glowe in der Zeit der sogenannten Hyperinflation: Am 21. Oktober 1922 kostete ein Dollar schon 4.439 Mark. Ein Briefporto 6 Mark. Die Währungskrise dauerte bis November 1923, dann wurde die Rentenmark eingeführt. Im Juli 1923 kostete ein Dollar eine Million Mark.

Abbildung 24 Eintrag Annchen Barck, Else Barck, 28.7.22

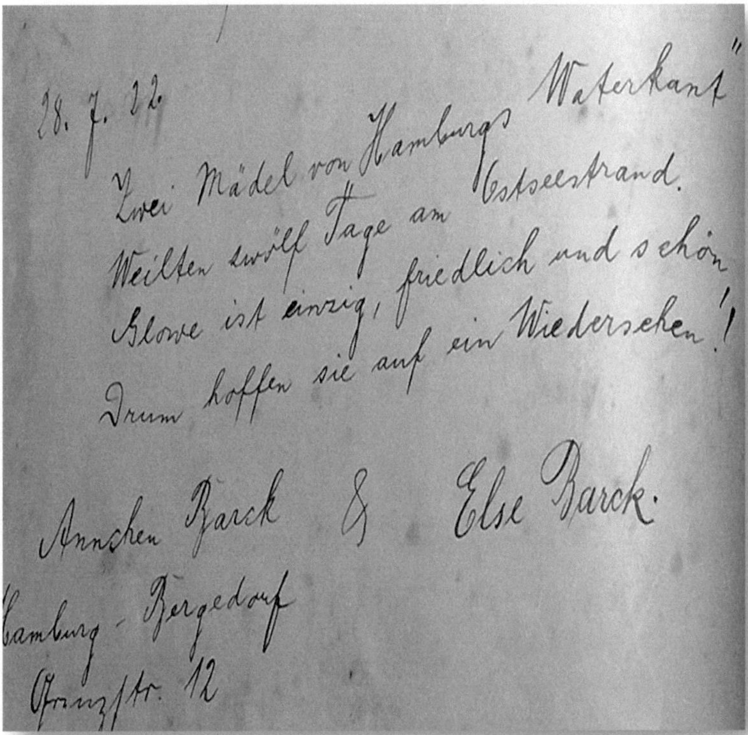
28. 7. 22.
Zwei Mädel von Hamburgs Waterkant"
Weilten zwölf Tage am Ostseestrand.
Glowe ist einzig, friedlich und schön
Drum hoffen sie auf ein Wiedersehen!
Annchen Barck & Else Barck.
Hamburg - Bergedorf
Prinzstr. 12

Zwei Mädel von Hamburgs Waterkant

Weilten zwölf Tage am Ostseestrand.

Glowe ist einzig, friedlich und schön,

Drum hoffen sie auf ein Wiedersehen.

Annchen Barck & Else Barck

Hamburg-Bergedorf

Prinzstr. 12

Der Reimspruch zweier Mädchen aus Hamburg. Auch sie reisten in einer Zeit nach Glowe, in der die Hyperinflation (1922-1923) herrschte.

Abbildung 25 Eintrag Wilhelm Lehmann, Willi Plath, 23.-24.V.14

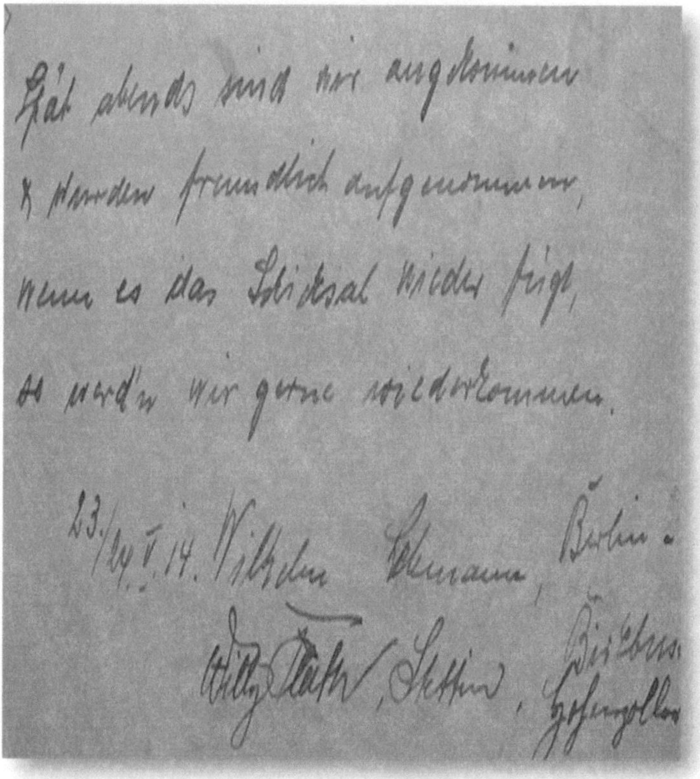

Spät abends sind wir angekommen
& wurden freundlich aufgenommen,
wenn es das Schicksal wieder fügt,
so werd'n wir gern wiederkommen.
23/24. V.14 Wilhelm Lehmann, Berlin   Willy Plath, Stettin, ...

Diese Reisenden aus Stettin und Berlin wollten wahrscheinlich das Frühjahr an der Tromper Wiek genießen oder ihr kurzer Besuch hatte geschäftliche Gründe.

Abbildung 26 Eintrag Hanni u. Gertrud Kroeseler, 3.-26. August 1925

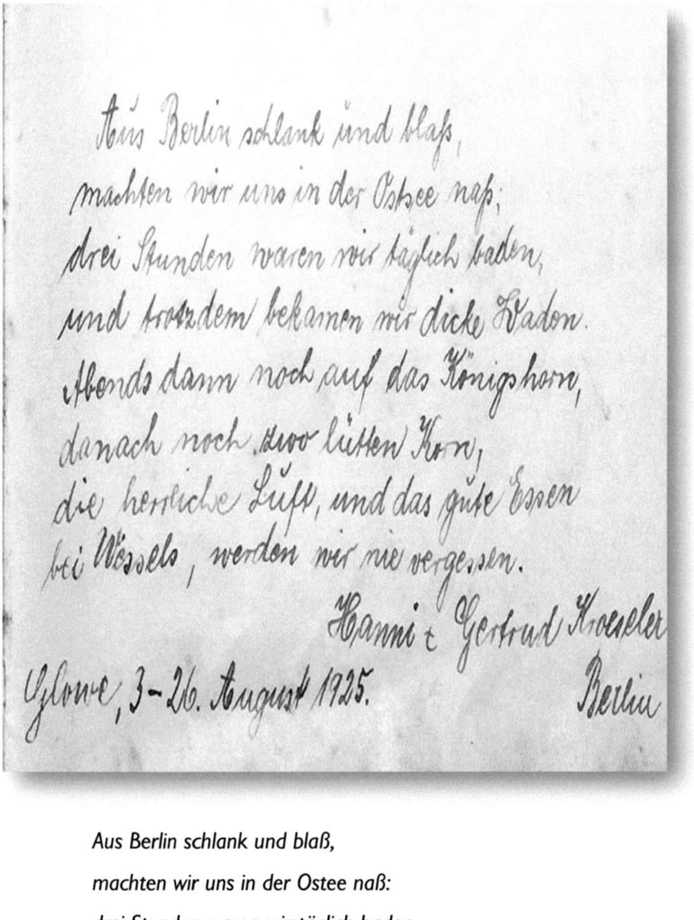

Aus Berlin schlank und blaß,
machten wir uns in der Ostee naß:
drei Stunden waren wir täglich baden,

und trotzdem bekamen wir dicke Waden.

Abends dann auf das Königshörn,

danach zwo lütten Korn,

die herrliche Luft, und das gute Essen

bei Wessels, werden wir nie vergessen.

Hanni u. Gertrud Kroeseler

Glowe, 3.-26. August 1925.   Berlin

Abbildung 27 Eintrag, Name unleserlich, 29.7.-17.8.35

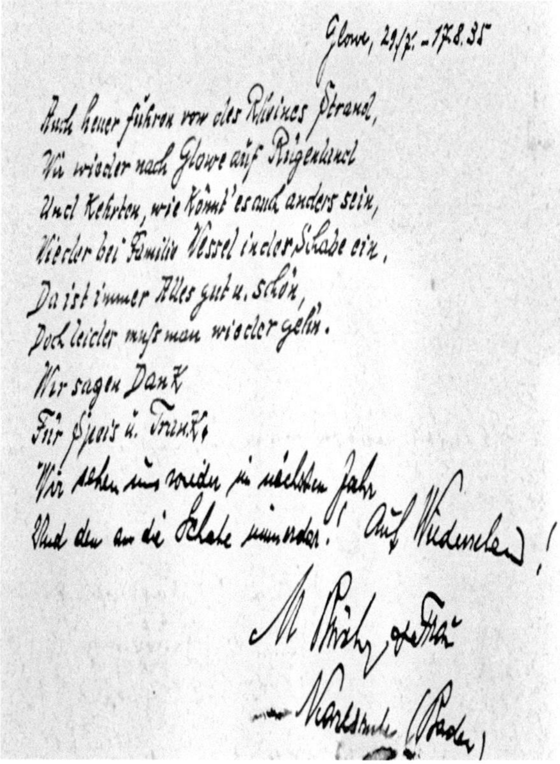

Auch heuer fuhren von des Rheines Strand,

Wir wieder nach Glowe auf Rügenland

Und kehrten, wie könnt es auch anders sein,

Wieder bei Familie Wessel in der Schabe ein.

Da ist immer Alles gut und schön,

Doch leider muss man wieder geh`n.

Wir sagen Dank

für Speis und Trank.

Wir sehen uns wieder im nächsten Jahr

Denken an die Schabe immerdar! Auf Wiedersehen

Auch diese Besucher aus dem Rheinland/ Baden („von des Rheines Strand ...“), sind schon zum wiederholten Male Gäste der *Schaabe* und verabschieden sich mit einem kleinen Gedicht.

Abbildung 28 Eintrag, ohne Namen und Zeitangabe

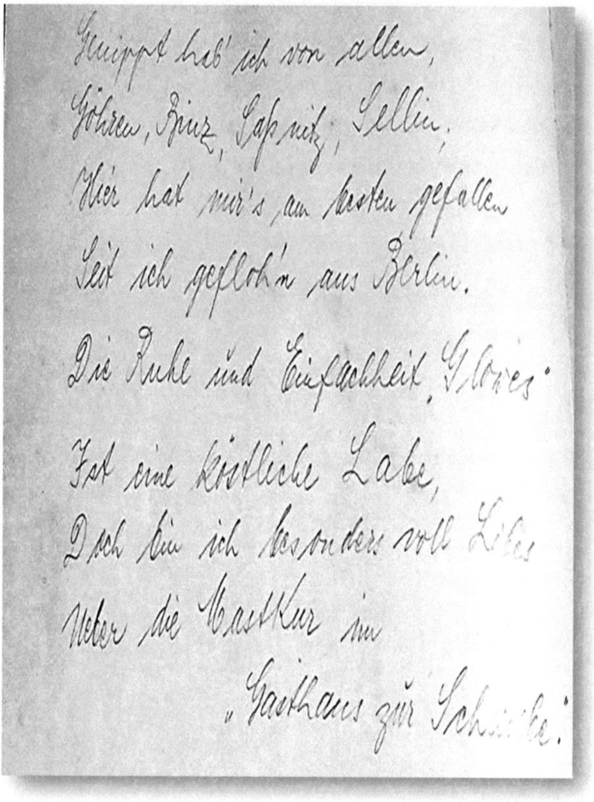

Genippt hab' ich von allen,
Göhren, Binz, Saßnitz, Sellin.
Hier hat mir's am besten gefallen
Seit ich gefloh'n aus Berlin.
Die Ruhe und Einfachheit „Glowes"
Ist eine köstliche Labe,
Doch bin ich besonders voll Lobes ueber die Mastkur im
„Gasthaus zur Schaabe."

Dieser Besucher bzw. diese Besucherin aus Berlin zieht Glowe den schon etbalierten Bädern wie Saßnitz oder Sellin vor. Die Ruhe und Einfachheit des Ortes wird auch von vielen anderen Gästen immer wieder betont.

Abbildung 29 H. Stresemühl und Frau (?) aus Hamburg, 15.-29. August 1937

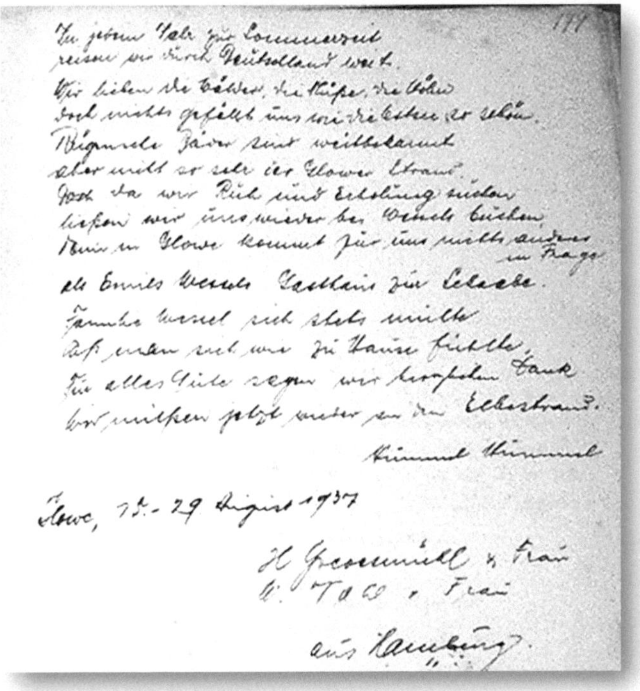

In jedem Jahr zur Sommerzeit
reisen wir durch Deutschland weit.
Wir lieben die Wälder, die Flüsse, die Höhn,
Doch nichts gefällt uns wie die Ostsee so schön.
Rügensche Bäder sind weltbekannt,
aber nicht so sehr der Glower Strand.

Doch da wir Ruhe und Erholung suchen,

ließen wir uns wieder bei Wessels buchen.

Und in Glowe kommt für uns nichts anderes in Frage,

als Emil Wessels Gasthaus zur Schaabe.

Familie Wessel sich stets mühte,

dass man sich wie zu Hause fühlte.

Für alles Gute sagen wir herzlichen Dank.

Wir müssen nun zurück an den Elbestrand.

Hummel, Hummel

Glowe, 15.-29. August 1937

Auch diese Gäste aus Hamburg sind begeistert von der ländlichen Ruhe Glowes und lassen ihren Abschiedsgefühlen in poetischen Bildern freien Lauf. Offensichtlich wurde der Ort zunehmend besucht, um dem Großstadtlärm entfliehen zu können.

5.3 Abschiedsbilder

Nicht nur mit poetischen Texten nahmen Gäste Abschied. Zahlreiche Besucher illustrierten ihre Texte mit eigenen Zeichnungen oder nutzten das damals moderne Medium der Fotografie. Bemerkenswert ist immerhin, dass die während des Aufenthalts gemachten Aufnahmen schon für den Eintrag am Tag des Abschieds zur Verfügung standen. Das spricht für einen guten Fotoservice im Ort.

Abbildung 30

Eintrag Gertrud Krause, stud. phil., Charlottenburg; Hertha Buck, Lehrerin; Irmgard Baier, Lehrerin, Charlottenburg, Elisabeth Orthmann, Lehrerin Charlottenburg, 1./2.10.1913

Die Zeichnung zeigt vier Lehrerinnen bei einem Ausflug in die Umgebung des Ortes im Frühherbst des Jahres 1913. Die Wanderinnen sind mit den typischen Utensilien ausgestattet: Rucksack und Stock. Wie der Eintragung zu entnehmen ist, kommen alle vier aus Charlottenburg (Berlin).

Abbildung 31 Eintrag Leni Bock, 4. Juli - 11. August 1913

Frau Bock aus Braunschweig machte Bekanntschaft mit diesem Ziegenbock. Sie gehörte offensichtlich zu jenen Gästen, die mehrere Wochen in Glowe Urlaub machten. Die Zeichnung verrät ein gewisses künstlerisches Talent.

Abbildung 32
Eintrag von Adolf Schorisch und Frau Käte u. Helmut, 15. Juli-12. August 1924

Das Meer erfüllt uns mit Bewunderung!

Ob leichte Wolken über das Meer segeln, ob Stürme brausen und die

Wellen an den Strand werfen, ob die Sterne sich im Meere spiegeln,

immer stehen wir in deinem Zauber. Du einziges Meer.

Unvergesslich werden uns die Tage am Meer sein, weil uns außerdem

der Aufenthalt verschönt worden ist, durch die denkbar freundliche

Aufnahme bei Familie Wessel, durch Gesang und Lautenspiel

lieber Sommergäste! Herzlichen Dank der lieben Frau

Wessel und Fräulein Elli für ihr treu sorgendes Wirken.

Adolf Schorisch mit Frau, Käte und Helmut

15. Juli   Zittau   12. August 24

Mit Zeichnung und Text dokumentieren diese Gäste ihre Abschiedseindrücke
von der Ostsee. Das Bild zeigt den Ausblick von Glowe auf das Kap Arkona,
dazwischen das Wasser der Tromper Wiek. Der Text erinnert an die Gefühle,
die eine Hedwig aus Berlin am Kap Arkona oder der Freund Goethes, Zelter,
beim Anblick des Meeres empfanden (siehe oben).

Abbildung 33 Eintrag ohne Namen

Eine Bleistiftzeichnung zeigt die Veranda der Schaabe mit zwei tränenden Herzen als Symbole des Abschieds.

Abbildung 34

Fam. W. Krause, 22. Juli-17. August 1928. Karikatur eines Strandmarsches von Gästen aus Leipzig anno 1928.

Nun leb wohl, du Glower Strand,

wo ich manche Freude fand.

Wau' Wau' …

Darunter der Abschiedsspruch eines anderen Gastes:

Zum zweiten Mal in Glowe gewesen,

an Wasser, Luft, Sonne und Wald genesen.

Wie auf der Zeichnung und auch auf zeitgenössischen Fotos zu sehen ist, wurden auch Wimpel oder Flaggen mit zum Strand gebracht.

Abbildung 35
Ohne Namen, wahrscheinlich um 1930, Karikatur einer Strandszene

95

Strandkörbe waren schon damals beliebt und begehrt. Das Wort „Buschklepper" weist vielleicht auf Gäste aus dem Bergischen Land (Wuppertal) hin. Dort werden darunter Diebe verstanden.

Abbildung 36
Eintrag Otto ... u. Frau Margarete ... Klein-Manfred, 27. August 1938

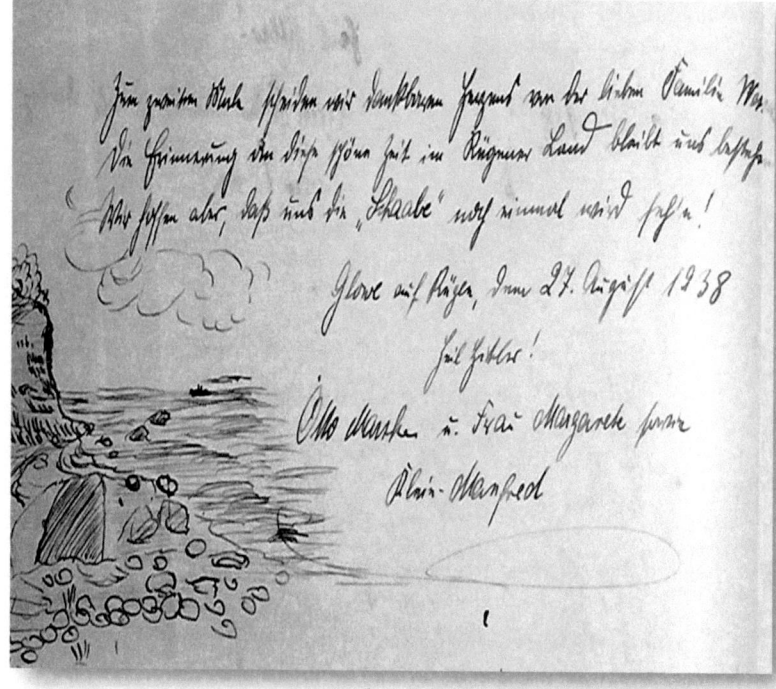

Zum zweiten Male scheiden wir dankbaren Herzens von der lieben Familie Wessel. Die Stimmung von dieser schönen Zeit im Rügener Land bleibt uns bestehen.

Wir hoffen aber, dass uns die „Schaabe" noch einmal wird seh´n!

Glowe auf Rügen, dem 27. August 1938

Diese Gäste untermalen ihre Urlaubseindrücke mit einer Zeichnung des Hochufers von Glowe (Königshörn). Auch sie sind schon zum zweiten Mal in Glowe zu Gast. Im letzten Satz schwingt viel Zweifel mit, befindet sich doch Europa am Rande eines neuen Krieges. Nach der Annexion Österreichs (13.3.1938) wird in den folgenden Wochen die Tschechoslowakei ein weiteres Opfer der Großmachtpolitik des Hitlerregimes (29. September 1938 Münchener Abkommen). Die Unterzeichnung des Eintrages mit dem Hitlergruß könnte darauf hinweisen, dass der Schreiber ein Anhänger der Naziideologie war.

Abbildung 37
Eintrag Fritz Papritz, Ing. aus Berlin, Martha Papritz, Hans Jesse, Ingenieur aus Berlin, Käte Jesse u. klein Helga, Glowe 14. Juli 1929

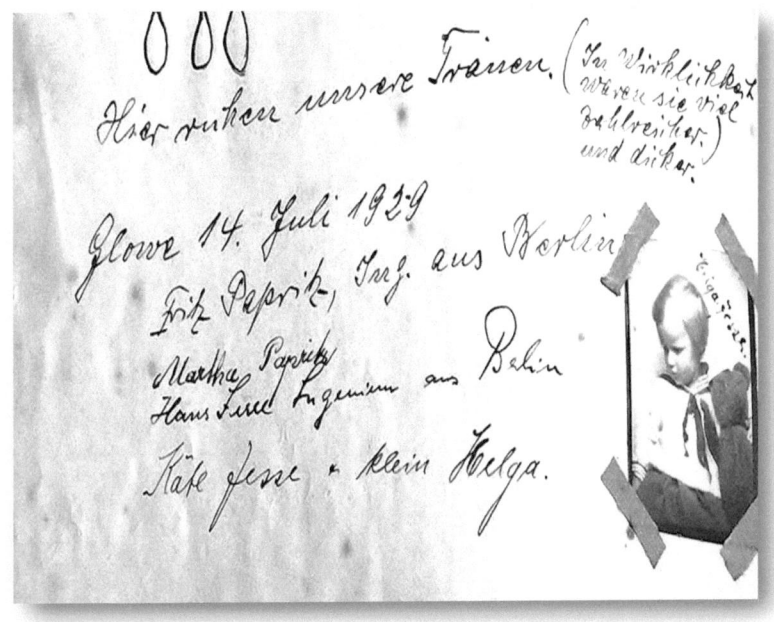

... Hier ruhen unsere Tränen ... (In Wirklichkeit

waren sie viel

zahlreicher und dicker).

Die Ingenieure aus Berlin konnten sich 1929 offensichtlich einen Urlaub an der Ostsee leisten. Vielleicht sahen sie auch den Börsenkrach vom 24.10.1929 voraus, der die Weltwirtschaft in eine katastrophale Krise stürzte und in Deutschland das Ende der sog. 'Goldenen Zwanziger' einläutete.

Das Foto am rechten Rand des Eintrages zeigt ein kleines Mädchen mit Teddy. Wenn die kleine Helga aus Berlin noch lebt, dann müßte sie heute beinahe 90 Jahre alt sein.

Abbildung 38 Eintrag ohne Namen und Datum

Ein während des Urlaubs entwickeltes Foto zeigt, dass die Gäste bei bester Laune waren. Die *Schaabe* war offensichtlich bei Familien beliebt. Am rechten Bildrand sieht man die Werbung für den sog. Kolonialwarenladen des Dorfes, der sich in der Mitte des Dorfes befand.

Abbildung 39 Eintrag ohne Namen und Datum

Zwei Motorradfahrer aus Berlin posieren in modischer Badebekleidung der damaligen Zeit. Der Reim der beiden eignet sich noch heute gut als Werbeslogan:

> *Vom ganzen Rügenland hat Glowe den besten*
> *Badestrand!*

Abbildung 40

Eintrag Küchler(?) u. Frau, Marianne Riedel und Walter Ranig, Elly Sahl (?) und Willy Stark, 20.7.1935

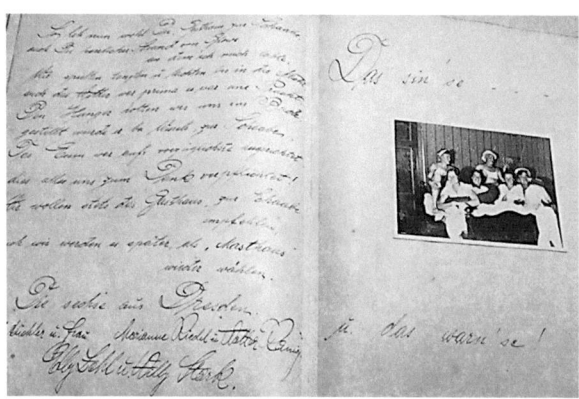

Die Sechse aus Dresden verabschieden sich mit einem Foto und einem Gedicht:

So leb nun wohl Du Gasthaus zur Schaabe

und Du herrlicher Strand von Glowe, an dem ich mich labte.

Wir spielten und sangen ... bis in die Nacht,

auch das Wetter war prima und war eine Pracht.

Den Hunger holten wir uns im Bade, gestillt

wurde er bei Wessels zur Schaabe.

Das Essen war auf das vergnüglichste angerichtet.

Dies alles uns zum Dank verpflichtet.

Wir wollen stets das Gasthaus zur Schaabe empfehlen,

auch wir werden es später als Masthaus wieder wählen.

Das Foto ist mit den Worten umrahmt: *Das sin' se ... u. das warn' se!* Unverkennbar ist der sächsische Dialekt. Aus dem Eintrag spricht eine ungetrübte Urlaubsstimmung.

Abbildung 41 Die luftige Veranda des Hauses war besonders an heißen Tagen beliebt. Eintrag ohne Namen und Datum.

5.4 Abschiedsprosa

Die folgenden Einträge sind in Prosa geschrieben. Wie der Leser unschwer erkennen kann, vermitteln auch diese Texte die Stimmung am Vorabend des Abschieds.

Abbildung 42 Eintrag Rothe, 17. Juli 1913

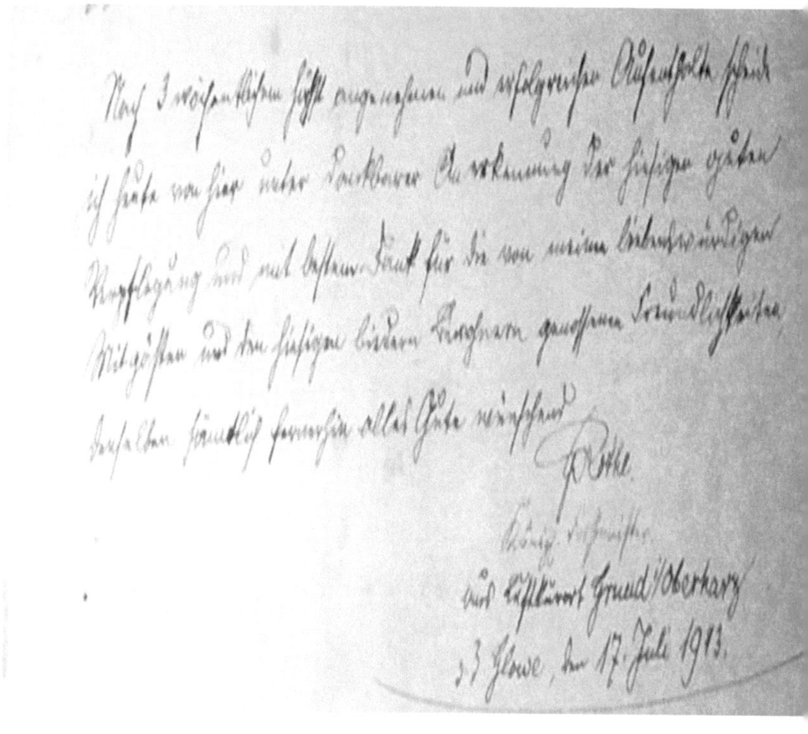

*Nach 3wöchentlichem höchst angenehmem und erfolgreichem Aufenthalt
scheide ich heute von hier unter dankbarer Anerkennung der hiesigen guten
Verpflegung und mit bestem Dank für die von meinen liebenswürdigen*

Mitgästen und den hiesigen beiden Bewohnern genossenen Freundlichkeiten,
denselben sämtlich herzlich alles Gute wünschend.

Rothe

Königl. Forstmeister

aus Luftkurort Grund/Oberharz

z.Z. Glowe, den 17. Juli 1913.

Ein königlicher Forstmeister bedankt sich ausführlich und in sorgsam gewählten
Worten.

Abbildung 43 Eintrag W. Grunwald u. W. Kaiser, 15.7.1915

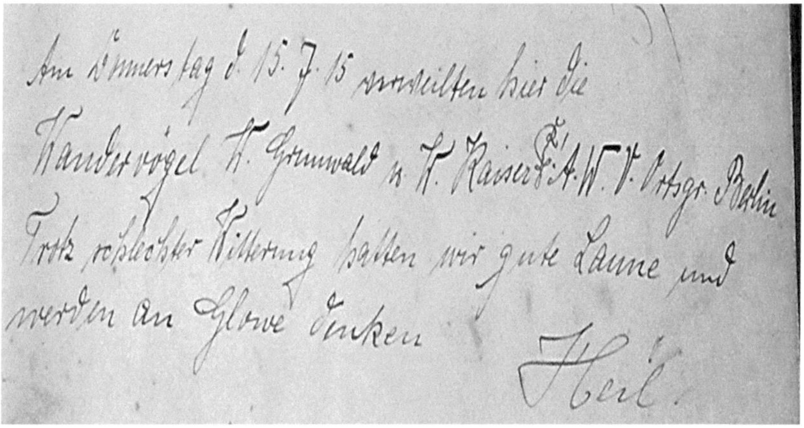

Am Donnerstag d. 15.7.15 verweilten hier die
Wandervögel W. Grunwald u. W. Kaiser … Ortsgruppe Berlin.
Trotz schlechter Witterung hatten wir gute Laune und
werden an Glowe denken.

Heil.

Die Wandervogelbewegung wollte vor allem der Jugend eine naturverbundene Lebensweise nahebringen. Sie wurde 1901 in Berlin/Steglitz gegründet. Die Grußformel „Heil" wurde schon vor dem Mißbrauch durch den sog. Nationalsozialismus in bestimmten Regionen Deutschlands verwendet. Insbesondere Bergsteiger wünschten sich „Heil", im Sinne „möge alles gut" gehen! Die Grußformel hat auch Wurzeln in der christlichen Heilslehre.

Abbildung 44 Eintrag Fr. E. Lindner (Berlin), H. Lindner (Bamberg), A. Schmale (Berlin), 13. Juni-21. Juni 1919

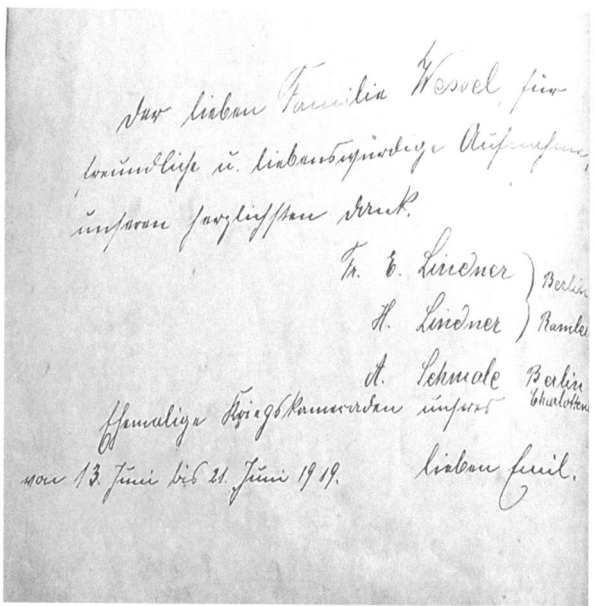

Der lieben Familie Wessel für
freundliche und liebenswürdige Aufnahme
unseren herzlichen Dank.
     Fr. E. Lindner Berlin

H. Lindner Bamberg

A. Schmale Berlin Charlottenb.

Ehemalige Kriegskameraden unserer lieben (?)

vom 13. Juni bis 21. Juni 1919

Abbildung 45 Eintrag Rudolf Voß, 13.7.25

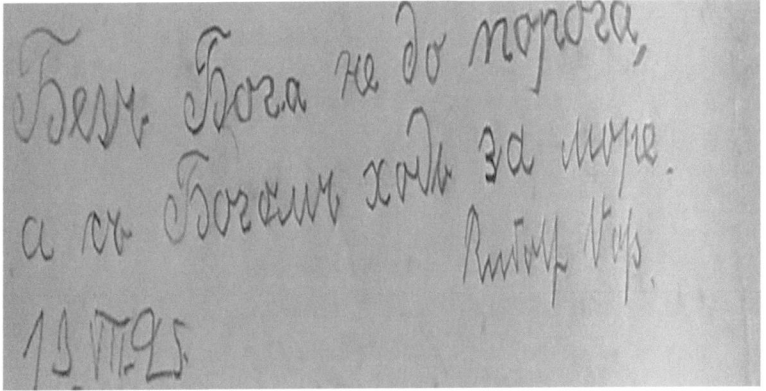

Sinngemäße Übersetzung:

Ohne Gott kommt man nicht zur Türschwelle, aber mit Gott kommt man bis zum Meer.

13.VII.25   *Rudolf Voß*

Die Eintragung in kyrillischen Buchstaben lässt auf ausländischen Besuch schlie-ßen. Unterschrieben hat die Eintragung jedoch ein Schreiber mit einem deut-schen Namen. Auch diesen Gast hat der Aufenthalt am Meer zu einem Sinn-spruch inspiriert. Hintergrund für diesen russischen Spruch könnten die in dieser Zeit abgeschlosssenen Verträge zwischen der Sowjetunion und der neugegründeten Weimarer Republik sein.[83]

Abbildung 46 Eintrag ohne Namen, 18.-27. August 1925

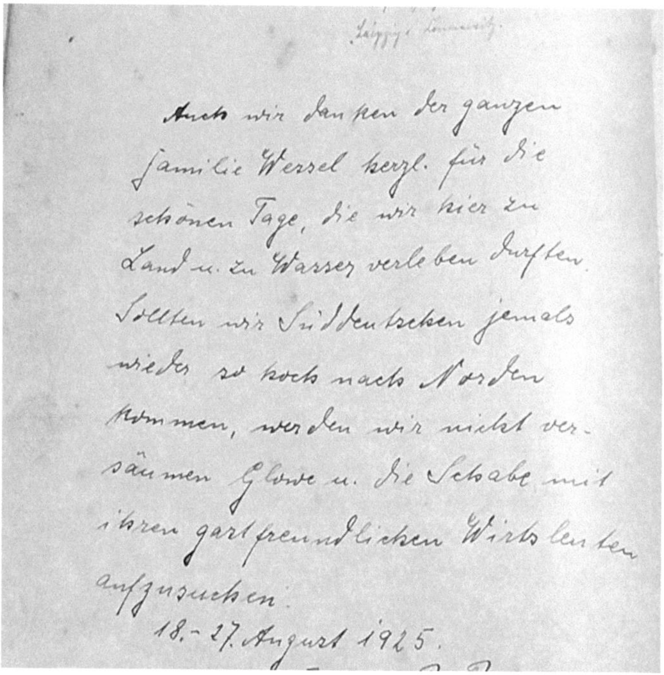

---

[83] Die Annäherung zwischen beiden Ländern begann mit den Verträgen von Rapallo (16.4.1922). Am 12. Oktober 1925 wurde der sog. „Moskauer Vertrag" zwischen beiden Ländern abgeschlossen, der sowohl zur Vertiefung der Handelsbeziehungen als auch der kulturellen Beziehungen zwischen beiden Ländern führte. Massgeblich vorangetrieben wurde diese Politik durch den damaligen liberalen Außenminister Walter Rathenau, der am 24. Juni 1922 Opfer eines Attentats wurde.

Auch wir danken der ganzen

Familie Wessel herzl. für die

schönen Tage, die wir hier zu

Land u. zu Wasser verleben durften.

Sollten wir Süddeutschen jemals

wieder so hoch nach Norden

kommen, werden wir nicht ver-

säumen Glowe u. die Schabe mit

ihren gastfreundlichen Wirtsleuten aufzusuchen.

Abbildung 47

Eintrag von Paul Seidel mit Frau Elisabeth u. Sohn Wolfram, 15.8.26-3.9.26

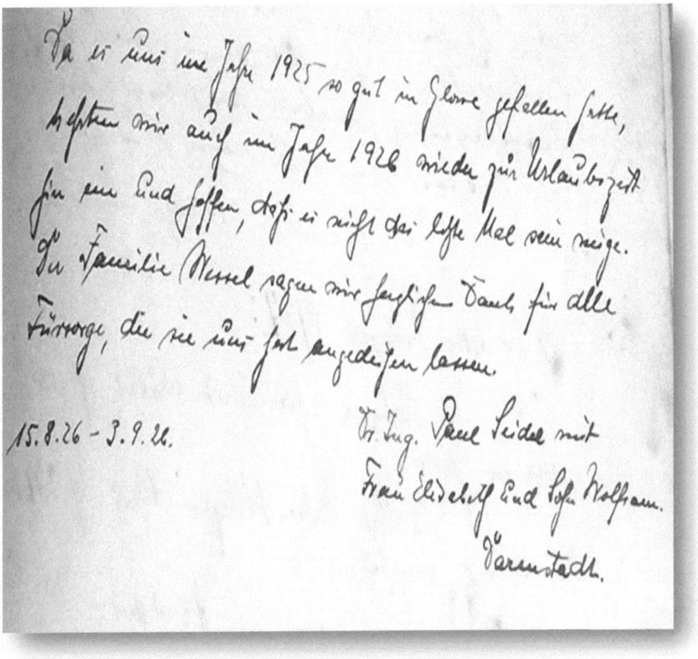

Da es uns im Jahre 1925 so gut gefallen hatte,

kehrten wir auch im Jahre 1926 wieder zur Urlaubszeit

hier ein und hoffen, daß es nicht das letzte Mal sein möge.

Der Familie Wessel sagen wir herzlichen Dank für alle

Fürsorge, die sie uns hat angedeihen lassen.

15.8.26-3.9.26   Dr. Ing Paul Seidel mit

*   Frau Elisabeth und Sohn Wolfram,*

*   Darmstadt.*

Die Schaabe hatte offensichtlich weitere Stammkunden gewonnen.

Abbildung 48 Eintrag Frau Sophie Busch, 1. September 1927 aus Düsseldorf

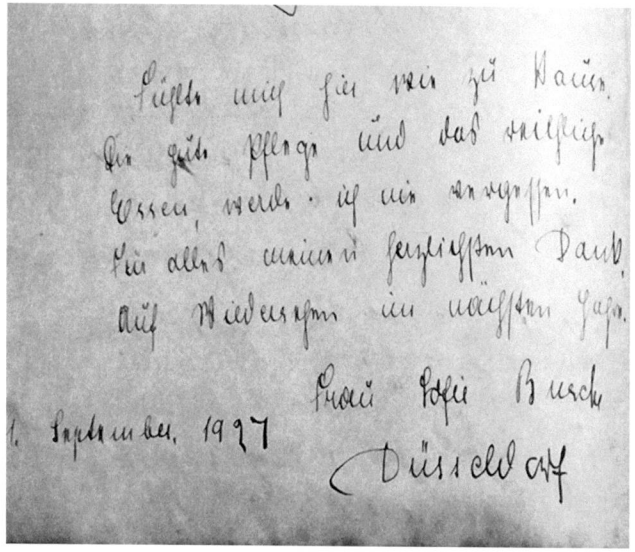

Fühlten uns wie zu Haus.

Die gute Pflege und das reichliche

Essen, welches wir wir nie vergessen.

Für alles unseren herzlichen Dank.

auf Wiedersehen im nächsten Jahr,

    Frau Sofie Busch

1. September 1927   Düsseldorf

Abbildung 49 Eintrag Familie Kunzmann, 18.8.27

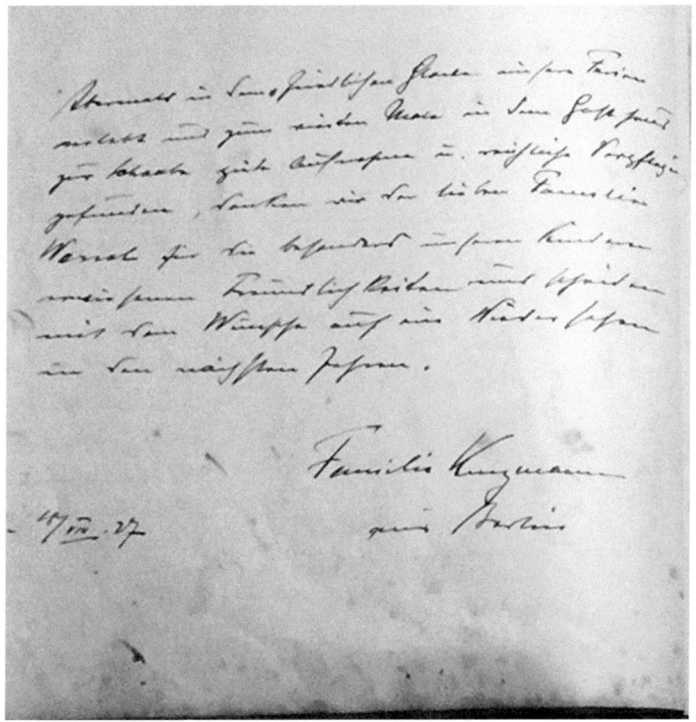

Mehrmals im sonnenfreundlichen Glowe unsere Ferien
verlebt und zum vierten Male in dem Gasthaus
zur Schaabe gute Aufnahme und reichlich Verpflegung
gefunden, danken wir der lieben Familie
Wessel für die besonders unseren Kindern
.... Freundlichkeiten und bedanken
uns mit dem Wunsche auf ein Wiedersehen
in den nächsten Jahren.
28./VIII.27   Familie Kunzmann aus Berlin

Auch Familie Kunzmann gehört zu den Stammkunden des Hauses. Vielleicht kamen sie auch wegen der Kinderfreundlichkeit des Personals zum vierten Mal nach Glowe.

Abbildung 50 Eintrag W. Frohn und Frau, 5.6.27

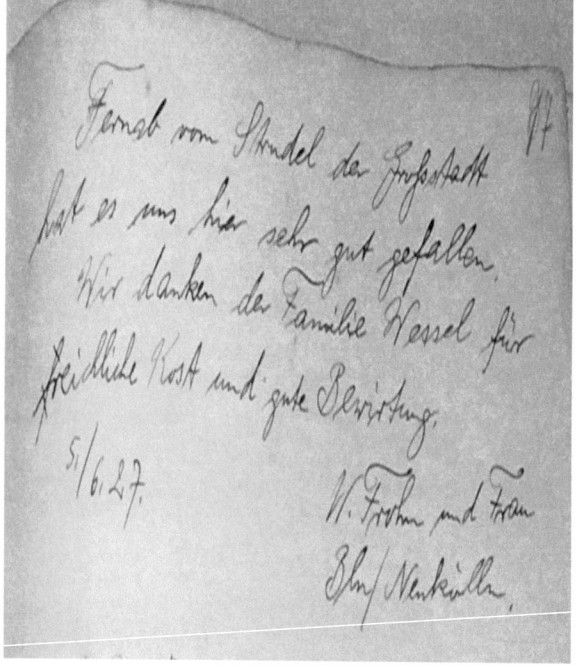

Fernab vom Strudel der Großstadt

hat es uns hier sehr gut gefallen.

Wir danken der Familie Wessel für

die reichliche Koste und gute Bewirtung.

5/6. 27   *W. Frohn und Frau*

                   Bln./ Neukölln.

Auch diese Großstädter suchten Ruhe und Besinnlichkeit am Urlaubsort.

Abbildung 51

Eintrag Ernst Hatje (?), 18. Oktober 1928 (Original nicht reproduzierbar)

Glowe 18. Oktober 1928

Fünf Wochen verlebte ich im Herbst 1928 in Glowe, bei Wessels in der „Schabe". Ich kam her, um mich zu erholen. Die ruhige schöne Gegend gab mir Erholung im vollen Maße. Die reichliche Verpflegung sowie das freundliche Entgegenkommen meiner Wirtsleute taten das übrige und machten, daß ich mich wie zu Hause fühlte.

Ernst Hatje Ingenieur, Hamburg

Der Ingenieur aus Hamburg war offensichtlich kein Saisongast, sondern suchte an der Ostsee nachhaltige Erholung und Entspannung.

Abbildung 52 Eintrag Paul Müller, Frau u. Tochter Waltraud,

12.-31. Juli 1936 (Text nicht reproduzierbar).

Es war schön in Glowe. Wir haben die Schönheit des Ortes genossen, seine sanften und wilden Wogen, seine Farbenpracht und seine Weite. Arkona und Stubbenkammer lockten uns zu einem Besuch. Vieles Schönes liegt um Glowe. Da ist der prächtige Kiefernwald mit seinen Hirschen, die Ufer des Bodden mit seinem Schilf und den zerzausten Kiefern, die der Westwind schief gedrückt

hat, der unwegsame Sumpf mit den Wildenten, Kranichen und Störchen, und
die weite stille Wasserfläche mit den wilden Schwänen. So nehmen wir
Abschied von dem lieben Fleckchen Erde, von dem Gasthaus zur Schaabe, in
dem jeder Gast so freundlich u. gut bewirtet wird.
Herzlichen Dank!

Paul Müller Frau u. Tochter Waltraud

Aus Plauen im Vogtland

Vom 12. Juli - 31. Juli 1936

Der Text schildert eindrucksvoll die Fauna und Flora der Umgebung von
Glowe. Die Schreiber stellen ihre Beobachtungen detailliert dar und verwenden
ausdrucksstarke Adjektive, um ihre Gefühle zum Ausdruck zu bringen. So
erhält der Text eine romantische Färbung, die an Märchentexte der Brüder
Grimm erinnert.

Abbildung 53
Zwei Eintragungen, R. Kupfer u. Frau, 5.8. bis 18.8.1935 und R. Kögel und
Hermann Kögel aus Karlsruhe.

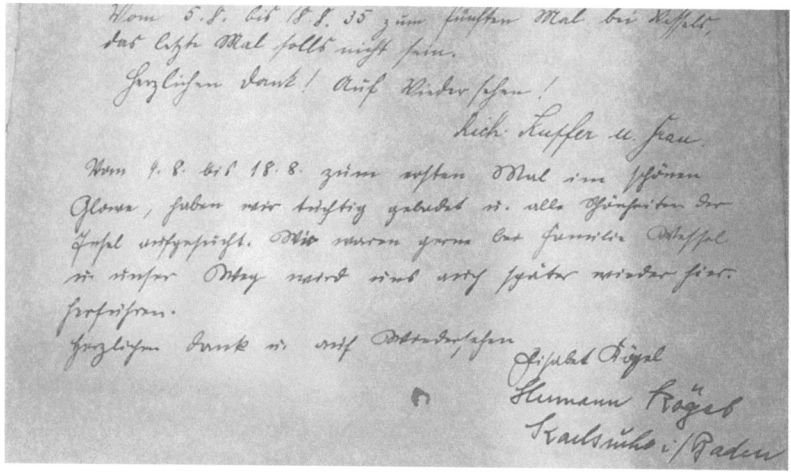

Vom 5.8. bis 18.8.35 zum fünften Mal bei Wessels,

das letzte Mal solls nicht sein.

  Herzlichen Dank! Auf Wiedersehen!

            Rich. Kupfer u. Frau

Vom 4.8.-18.8. zum ersten Mal im schönen

Glowe, haben wir kräftig gebadet und alle Schönheiten der

Insel aufgesucht. Wir waren gern bei Familie Wessel

und unser Weg wird uns später auch später wieder hier-

herführen.

Herzlichen Dank und auf Wiedersehen

      Richardt Kögel   Hermann Kögel

            Karlsruhe i./Baden

Wenn man die Schrift der beiden Texte vergleicht, so kann man annehmen, dass es sich bei beiden Eintragungen um denselben Schreiber handelt.

Abbildung 54 Eintrag von Walter Zschische u. Frau, ohne Datum

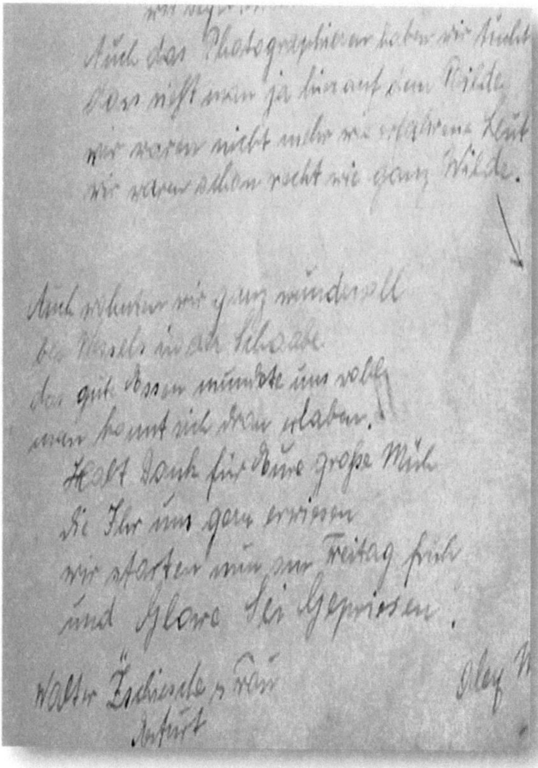

Auch das Photographieren haben wir tüchtig erprobt

das sieht man ja hier auf dem Bilde

wir waren nicht mehr wie erfahrene Leut

wir waren schon recht wie ganz Wilde.

Auch wohnten wir ganz wundervoll

bei Wessels in der Schaabe

das gute Essen mundete uns wohl

man kann sich dran erlaben.

Habt Dank für Eure große Müh,
die Ihr uns erwiesen
wir starten nun am Freitag früh
und Glowe Sei Gepriesen.
    Walter Zschische und Frau, Erfurt

Urlaubstage an der Ostsee regten dazu an, die Eindrücke im Bild festzuhalten.
Im Ort befand sich ein Fotograf, der zeitnah Erinnerungsfotos lieferte.

Abbildung 55 Eintrag Wilhelm Weinholz u. Frau, 12.8.1938

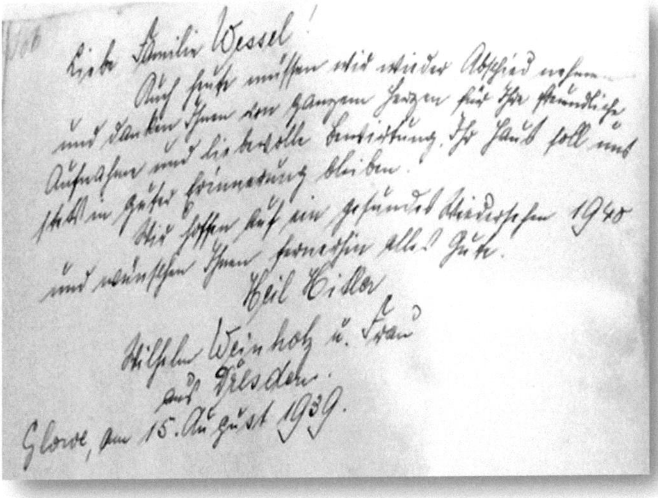

Liebe Familie Wessel!
  Heut früh müssen wir wieder Abschied nehmen
  und danken Ihnen von ganzem Herzen für Ihre freundliche

Aufnahme und liebevolle Bewirtung. Ihr Haus soll uns

in guter Erinnerung bleiben!

Wir hoffen auf ein gesundes Wiedersehen 1940

und wünschen Ihnen weiterhin alles Gute.

Wilhelm Weinholz und Frau

aus Dresden.

Glowe, am 15. August 1939

Wenige Tage nach dem letzten Urlaub der Familie Weinholz in Glowe unterzeichneten Hitler und Stalin ihren berüchtigten Nichtangriffspakt, der u. a. die Annektierung und Aufteilung Polens vorsah. Am 1. September 1939 begann mit dem Überfall auf Polen der 2. Weltkrieg. Die Familie Weinholz und viele andere mit ihnen verlebten 1939 ihren vorerst letzten Feriensommer in Glowe.

6. Epilog

Mit vielfältigen sprachlichen und zeichnerischen Mitteln haben Gäste der *Schaabe* versucht, ihren ganz individuellen Abschiedsgefühlen Ausdruck zu verleihen. Manche Abschiedstexte zeugen von einer imponierenden Kreativität. Ganz sicher haben sich das Klima, die naturbelassene Umgebung des Ortes und die entspannte Atmosphäre inspirierend auf die Schreiber ausgewirkt.
Der Abschiedstopos hat nicht nur in unserem Kulturkreis eine große Tradition. Die deutsche Sprache ist reich an entsprechenden Ausdrucksmöglichkeiten. Wie man sehen konnte, nutzten nicht Wenige den Anlass, um ihren Emotionen in Versen und Reimen Ausdruck zu verleihen. So wurde das Fremdenbuch des *Gasthauses zur Schaabe* auch zu einer Sammlung spontaner Gelegenheitsdichtung.
Die Kreidefelsen von Jasmund, die Stubbenkammer und das Kap Arkona sowie das allgegenwärtige Meer sind bis heute Motive für eine Reise nach Rügen

geblieben. Während die Besucher des Kap Arkona vor allem durch die Mystik des Ortes angezogen wurden, kamen die Gäste der *Schaabe* zur körperlichen und geistigen Erholung nach Rügen. Dies zeigt sich auch in der thematischen Gestaltung der Texte. Gemeinsam ist ihnen, dass sie auf vielfache Weise Spiegelbild der Zeitumstände und der Befindlichkeiten der Schreiber sind.

Die Topographie und die Historie des Kap Arkonas regten vor allem prominente Besucher an, ihre patriotischen Gefühle zum Ausdruck zu bringen oder Beziehungen zum aktuellen politischen Diskurs herzustellen. Das konnte an zahlreichen Beispielen aus der Publikation von Paul Meinhold gezeigt werden. Aber auch die Eintragungen in das Fremdenbuch des *Gasthauses zu Schaabe* übermitteln uns Botschaften, die erst auf den zweiten Blick erkennbar sind.

Während ihres Aufenthalts in Glowe war der Arkonablick über die Tromper Wieck ihr ständiger Begleiter. Dies spiegelt sich auch in zahlreichen Zeichnungen wider. Das Fischerdorf an der Tromper Wiek war und ist ein idealer Ausgangspunkt für eine Reise zum Kap.

Der Wunsch nach einem Wiedersehen beschreibt die uralte Sehnsucht der Menschen nach einem Ort der Ruhe und Harmonie. Die vorgestellten Auszüge aus dem Fremdenbuch von Glowe liefern eindrucksvolle Belege dafür. Oft verknüpften die Feriengäste ihre Abschiedszeilen mit der Hoffnung auf ein „Wiedersehen im nächsten Jahr".

Zu Friedenszeiten konnte man seine Urlaubstage relativ sicher planen, in Krisenzeiten wurde das ungleich schwieriger. Formulierungen wie „so Gott will" bzw. „mit Gottes Hilfe" sind gerade in Krisenzeiten untrügliche Zeichen für Unsicherheit.

So sind die vorgestellten Eintragungen auch ein Spiegelbild der Zeitgeschichte. Während des 2. Weltkrieges waren individuelle Urlaube an der Ostsee nur noch eingeschränkt oder kaum möglich. In den Wirren der Nachkriegszeit gerät das Fremdenbuch des *Gasthauses zur Schaabe* dann in Vergessenheit. Erst fast fünzig Jahre später, nach der politischen Wende 1989, konnten sich wieder

Gäste in das Buch eintragen. Und vielleicht werden auch spätere Generationen dann über seine Botschaften staunen.

Das *Gasthaus zur Schaabe* und der Glower Strand auf historischen Postkarten

Gasthaus zur Schäbe

Ostseebad Glowe (Rügen)   1919   Strandpartie

Ostsee-Freibad Glowe a. Rügen   Badestrand